Les Portes De HI-BRAZIL

Jean-François Zapata ⚓

Les Portes De HI-BRAZIL

Illustration de Gaby Bourlier ⚓
Préface de Pierre Arnaud Lebonnois deNehel ⚓

Du même auteur :

Rimes de vie et eau de mer
Edition Nouvelle Pléiade
Prix d'Excellence du Cercle de Bougainville 2011

D'embruns et d'émotions
Poèmes de Mer
Illustrés par des artistes
De l'Académie des Arts & Sciences de la Mer
Imprimerie Print'Ouest 2012

« LE FABULEUX » Une histoire de Crabe
Conte maritime
Illustration Gaby Bourlier
De l'Académie des Arts & Sciences de la Mer
Imprimerie Print'Ouest 2015

Le rêve est un désir intense et sous-jacent.

Un embryon de souhaits

qui peaufine son ombre.

 Préface de Pierre Arnaud Lebonnois de Nehel 🜨

Président de l'Académie des Arts et Science de la Mer

« …île était une foi »

Du *Robinson Crusoé* de Daniel Defoe à *L'île mystérieuse* de Jules Verne en passant, pour les plus jeunes, par *L'île au trésor* d'Hergé, ils furent nombreux les contes et légendes de notre enfance à nous avoir fait appareiller pour les rives exogènes d'un monde marin fait d'autant de mystères que de découvertes.

Ceux qui naviguent loin des côtes et pour un long temps le savent : la mer, à l'image du désert, se joue de nos perceptions et les mirages qu'elle nous impose font vaciller notre conscience entre rêves et réalités…
Nombre de capitaines au long cours, hommes solides et pondérés, jurent avoir entendu le chant des sirènes et les cloches de la ville d'Ys.

Jean-François Zapata, capitaine en écriture, pêche au bout de ses lignes et entre les mots une bien curieuse créature abyssale qui, au premier coup d'œil, a tout l'air d'être d'un crabe… Mais la mer livre souvent des trésors que la raison ignore.

Pour l'auteur marin, aussi sensible aux signes qu'il est attentif aux hommes, l'eau de son océan se fait miroir, à la surface de cette fable, en nous renvoyant l'image de notre âme d'enfant contrastée par les souffrances et les turpitudes plus profondes de l'âge adulte.

Ce conte n'est pas initié par le traditionnel « il était une fois » mais pourrait l'être par « île était une foi ».

En l'occurrence l'île lointaine dite de la Réconciliation où réside une petite communauté d'hommes et de femmes animée par une foi capable de remettre à flot les navires rossés sur les récifs de la fatalité…

La qualité de ce texte s'enrichie, ici, de quelques illustrations du pastelliste Gaby Bourlier qui, pour la circonstance, a su renouer avec l'apparente naïveté de la traditionnelle iconographie des contes pour enfants d'autrefois.

Pierre Arnaud Lebonnois de Nehel ✕

Avertissement

« Les personnages et les situations de ce récit étant purement fictifs, toute ressemblance avec des personnes ou des situations existantes ou ayant existé ne saurait être que fortuite. »

Avant-propos

Marcher en crabe a parfois du bon. De cette manière, on se défait d'un horizon qui nous est imposé, et ne nous permet pas d'entrevoir l'essentiel : « le pouvoir d'imaginer ».

C'est en progressant de cette façon que j'ai vraisemblablement dû concevoir cette histoire. Ma vision, ainsi détournée, s'est imbibée de moult rêves que j'avais abandonnés sur le chemin de l'illusoire ; ce vernis insidieux qui nous fait vivre.

Je m'étais contenté naïvement de croire à la magie des mots, qui mis bout à bout, auraient avec compréhension justifié ma romance, pourvu que la morale en soit le clou.

Ainsi, mon contentement était à la hauteur de ma suffisance, et c'est sans état d'âme que j'avais conclu le tout.

Mais le mot fin n'est qu'un vain mot, car il manquait à ce récit une cohérence, une futile réalité, pour lui donner un sens, une philosophie, pour mieux l'accréditer.

Idéaliste, mais loin d'être visionnaire, j'ai recherché dans les ressources du passé un cheminement métaphysique qui, à la croisée de la légende et de la croyance séculaire, puisse apporter à la continuité de ce conte une légère touche de vraisemblance, car l'imaginaire, c'est bien connu, n'est jamais loin de la vérité.

Jean-François Zapata

Préambule

Firmin et Paulette coulaient à présent des jours paisibles à « La fleur du Ponant ». Cette demeure, que Paulette avait pu racheter après de nombreuses péripéties, avait revêtu ses habits de printemps, et laissait transpirer le parfum d'une multitude de fleurs aux senteurs les plus variées. Le vent léger et salé de la mer ajoutait à cette exaltante alchimie, que le soleil amplifiait dans la chaleur de ses rayons. Le cri aigu d'un groupe de mouettes et les rumeurs toutes proches de Port-Haliguen, venaient à peine déranger ces deux tourtereaux, que l'amour avait transcendés dans un même corps et dans un même esprit.

Firmin, qui appréciait cette vie intense, en avait presque oublié l'incroyable aventure qu'il avait vécue un an plus tôt, au cours d'une partie de pêche dans les rochers de la passe du Béniguet, à Houat. Le face-à-face avec un effrayant monstre marin avait transformé toute son existence. Sa vie fade et sans intérêt, qui le laissait naguère désenchanté, s'était métamorphosée par magie en une étonnante plénitude, pleine d'extase et de félicité. Cette bénédiction lui avait permis, dans cette étrange circonstance, de regagner le cœur de sa bien-aimée, qu'il avait jadis perdu à cause de ses frasques. Ce fait, qui avait été crucial dans leurs retrouvailles, était à l'origine de son bonheur retrouvé. Il se laissait vivre dans une satisfaction désinvolte, presque naïve, oubliant sans regret les infortunes, qui l'avaient par le passé anéanti.

Avec le temps, cette histoire n'était devenue qu'un vague souvenir qu'il traînait malgré lui, et que certains de ses amis lui rappelaient de temps en temps, sans conséquence sur son moral et sur la conduite de sa vie. Il n'avait toutefois pas oublié les conséquences inattendues de cette singulière péripétie : il avait été amené à rencontrer un énigmatique crustacé, qui se révéla malgré tout être son bienfaiteur. Ce crabe surnaturel avait métamorphosé sa morne existence, lui restituant tout ce qu'il avait perdu. Ce dernier lui avait redonné espoir. Mieux encore. Firmin se prenait à rêver, et se projetait dans l'avenir à corps perdu. Il se souvint de ce que lui disait jadis son grand-père, à propos de ces attentes de cœur : « *Le rêve, c'est un souhait déjà construit qui brille dans notre moi, comme une idée fixe. À l'opposé, l'espoir est inerte, c'est un vain remède, une misère de l'esprit qui nous imbibe comme une drogue, et qui dans cette étrange mort, nous maintient dans le dessein de vivre* ».

S'il avait repris la plupart de ses habitudes de mer, il ne descendait plus aussi souvent au port pour aller pêcher au large. Sa barcasse portait d'ailleurs sur sa coque les attributs marins de cette inactivité. Les algues et les coquillages s'étaient accumulés, couronnant tout le pourtour de la ligne de flottaison. Parfois, dans un moment de nostalgie, l'envie le prenait d'aller revoir l'endroit où avait eu lieu cette rencontre mirifique. Il inventait alors, à cet effet, une raison pour pouvoir retrouver seul en mer, car Paulette, aux petits soins pour lui, ne le lâchait plus aussi volontiers. Ce n'était pas une question de confiance, c'était tout juste de l'amour, un grand amour avec son cortège de craintes qui souvent accompagne une mère pour son enfant. Bien sûr, tout le monde ignorait ce vécu, qu'il avait enfoui au plus profond de lui. La moindre allusion à cet épisode l'aurait à coup sûr fait passer pour un fou. Et puis, pensait-il, c'était arrivé, voilà tout. Il ignorait pourquoi et par quel sortilège il avait pu vivre ce moment singulier ; de toute façon, il ne reverrait sans doute plus jamais ce curieux décapode, qui lui avait fait si peur sur l'instant, et qui s'était révélé à son égard, par la suite, affable et profondément humain.

C'était sans compter sur l'adversité et l'ordonnance imprévisible de la destinée, qui nous porte dans l'espace-temps comme une frêle embarcation sur la vague de notre devenir. Firmin pensait en avoir fini avec ce périple et les aléas qui en avaient découlé. Il ignorait, en fait, que cette contingence ne faisait que commencer et qu'il avait été choisi par son chimérique ami bien avant leur rencontre. Pourtant, au cours de leur ultime adieu, celui-ci lui avait prédit la suite inéluctable de cette étonnante entrevue. Firmin s'était contenté de boire ses paroles, dans une extrême émotion, sans peser l'importance de ses derniers mots.

« Nous pourrons nous revoir, si tel est le destin,
Si tu sais la lumière qui mène à mon écrin. »

- I -

Dans une salle publique de la pointe de Quiberon

– Vous n'avez pas la parole ! Vous n'avez pas la parole ! Monsieur, s'il vous plaît, veuillez-vous taire et vous rasseoir ! tonna Gustave Launec, l'un des adjoints au maire, exténué à force de marteler de son poing sa table qui résonnait comme un tambour.

– Pourquoi donc devrais-je me taire ! fulmina Gaston en s'adressant au parterre de sommités et au porte-parole de la mairie, qui lui faisaient face. Il est de mon devoir de défendre ma profession, ajouta-t-il, dans le brouhaha explosif de la foule de pêcheurs qui l'accompagnaient.

– Vous nous avez déjà privés de mouillage en nous dépossédant du bassin qui existait au fond du port, l'année dernière, pour construire un parking, au nom du sacro-saint développement touristique ! Vous voilà aujourd'hui, dans le projet de le saccager de nouveau, ainsi que ses alentours, pour y mettre un parcage nautique, au détriment de nos métiers de pêche. Voulez-vous dénaturer ce port qui fut le sein, le cœur, la vie de nos aïeuls ? Ce port qui, pendant des générations, a protégé nos chasse-marées, nos écraseurs de crabes, nos cotres, nos lougres, nos bricks et bien d'autres petites plates et annexes, dans lesquelles nous avons tous appris à godiller ?

– Mais, il n'est pas question du port, monsieur Gaston ! Voyons, vous le savez bien ! argumenta le très estimable ingénieur en chef des ponts et chaussées. Il s'agit de l'aménagement de la partie nord à l'extérieur de celui-ci. D'ailleurs, ce projet prévoit la construction d'un appontement de trois cent cinquante mètres de long qui créera un magnifique plan d'eau abrité par une nouvelle jetée, dans lequel vous pourrez mouiller et amarrer comme il faut vos bateaux.

– C'est une chance pour notre port et notre commune, ajouta le maire, dans la cohue générale.

– Une chance !... Ah oui, c'est sûr, c'est une chance pour « le tout pour la bagnole, le macadam, et le béton » ! Une aubaine pour les avides promoteurs qui ne manqueront pas de dépecer et défigurer ce havre de paix ! rétorqua Gaston.

– Que faites-vous aussi de l'aspect historique ? ajouta le docteur Louis Conounec, remarquable historien local. Vous allez déprécier cette anse, où des générations de marins se sont succédé depuis des centaines d'années pour vaquer à leurs occupations de commerce, de pêche, et de navigation. Vous oubliez la grande histoire de cette baie, qui vit débarquer les émigrés royalistes venus prêter main forte à la Chouannerie, lors de la révolution. Cette anse où mouilla le Bonhomme Richard, de la jeune Nation des États-Unis, commandé par Paul Jones. Ce port, qui fut témoin de l'arrivée du capitaine Dreyfus à son retour de l'île du Diable !

– Nous savons tout cela, cher docteur, pour vous avoir bien des fois lu dans vos chroniques et merveilleux livres ! s'indigna Armande Lis, responsable culturelle de la ville.

– Tiens donc ! s'exclama Louis Conounec. Je suis surpris que vous fussiez là, madame, à défendre un tel projet ? Vous, dont la mission première, il me semble, est de promouvoir notre patrimoine et la belle culture de notre riche passé ?

– La mémoire du passé est une pousse qui s'anime de présent et de modernité, cher docteur. Vous-même, la sauvegardez de vos écrits avec l'encre de votre cœur.

– Oh !... Bravo ! Madame… merci pour votre compliment… néanmoins, il me semble que l'encre qui vous anime à tout l'air d'être de ce produit perfide et noirâtre, projeté par un certain mollusque, qui obstrue la lumière plutôt qu'il ne la révèle !

– Oh ! Monsieur… c'est indigne de vous ! Me comparer à une « morgate[1] », c'est affligeant ! s'insurgea Armande Lis.

– S'il vous plaît, messieurs-dames, pourrions-nous en finir avec ces passes d'armes, certes enrichissantes et hilarantes pour nos concitoyens, mais, qui dans le sujet qui nous occupe, semblent superflues et hors propos. Cette séance publique ne doit pas être le prétexte d'un quelconque règlement de compte. Je vous en prie, revenons à l'ordre du jour, proposa Gustave Launec. Je vous rappelle que cette audience a pour but de vous présenter un avant-projet relatif à l'implantation d'un port de plaisance.

– Parlons-en ! s'exclama Guénolé, un vieux pêcheur au visage buriné, joufflu, comme un Popeye à la mine intraitable. Ce port, de tout temps, a toujours eu l'inconvénient majeur de s'envaser et de s'ensabler. Est-il dans votre intention de créer une sablière de plus ?

– Cet inconvénient a bien entendu été pris en compte, releva Luc Bahant, l'ingénieur en chef des ponts et chaussées, à peine audible au milieu de l'auditoire surexcité.

Firmin était de cela, se gaussant sans mesure. Il avait tenu à être présent à cette réunion qui s'annonçait haute en couleur, mais surtout, il était soucieux du devenir de son joli bassin, qui avait déjà, par le passé, connu moult transformations.

---

[1] « Morgate » : nom donné à la seiche en Bretagne et en Vendée

Il s'était assis dans les derniers rangs au fond de la salle avec les vétérans de sa génération. Son regard avait été tout de suite attiré par un curieux vieil homme, qui le fixait de temps à autre. Ses cheveux et son poil, d'une parfaite blancheur, soulignaient ses yeux opalins plantés comme des calots au fond de leur orbite. Il lui sembla un instant, que ceux-ci lui parlaient, tant le regard de cet homme était appuyé.

– On dirait Victor Hugo, pensa le pêcheur, quand il crut reconnaître le visage du grand homme qui prônait en effigie sur les billets de banque de cinq nouveaux francs. Qui ça peut être ? s'interrogea-t-il. Il n'est pas du pays, c'est sûr. Ses traits effilés, à la peau lisse, ne sont pas ceux que l'on voit ici, et sa tenue vestimentaire est plus appropriée à la ville qu'à nos lieux marins.

Le costume de l'inconnu, au tissu et à la couleur indescriptibles, paraissait avoir été porté à l'extrême sans être toutefois élimé. L'homme le dévisageait à présent d'une manière plus évidente, à la limite de l'indécence. Voulait-il lui parler ? Sans doute, pensa Firmin. Les manières et les mimiques de l'inconnu laissaient présager qu'il allait passer à l'acte.

N'ayant nulle envie de converser avec lui, Firmin préféra rester discret et camper sur ses positions. Il détourna son regard, en fixant avec détermination le spectacle qui se déroulait devant lui.

La joute verbale continuait de plus belle sans entamer l'ardeur des protagonistes. Aussi, monsieur le Maire dut intervenir et menacer plusieurs fois l'assistance de mettre un terme à ce houleux débat. Cela eut pour conséquence de calmer un moment la foule qui reprit aussitôt ses goguenardises, de plus belle.

Le maire put reprendre cependant la parole grâce à la forte voix du chef de peloton de gendarmerie du canton, qui, présent dans le débat, se fit entendre de nouveau avec vigueur.

– Messieurs-dames, dans cet aménagement portuaire, nous y voyons…

– Silence ! ordonna de nouveau l'officier de gendarmerie à l'encontre des trublions qui se manifestaient encore dans la salle.

– Nous y voyons… un projet ambitieux dans le but de créer un grand pôle nautique, destiné au tourisme de plaisance, qui complétera et équilibrera nos infrastructures existantes, lança le maire, en haussant la voix pour mieux se faire entendre. Bien situé au bout de la presqu'île, ce programme permettra de dynamiser la croissance économique de notre ville, en créant plusieurs centaines d'emplois.

– À quoi sert de créer des emplois si c'est pour en détruire d'autres ! s'exclama Gaston, qui prenait un malin plaisir à en découdre. La pêche a déjà beaucoup pâti des nombreuses réglementations qui nous ont été imposées depuis plusieurs années et de la forte prolifération des pêcheurs plaisanciers, qui par contrecoup, nous font une concurrence ouverte.

Devrons-nous un jour prochain, abandonner notre profession pour nous mettre à balayer le port ? Ou devenir des objets de curiosité pour des touristes en mal d'exotisme ? Devrons-nous au même titre, dans un folklore exubérant, habiller nos femmes en sirènes, ou autres monstres marins tout aussi biscornus les uns que les autres, pour amuser vos voileux d'opérette qui se prétendent marins après avoir effectué deux aller-retours au phare de la Teignouse ! Rire général…

– Je m'habillerai en dauphin, histoire de taquiner ces dames, s'amusa Léon, un boute-en-train du coin.

– Et moi, en un immense crabe, avec des plumes de couleur sur la tête pour mieux les attirer vers moi ! reprit Ernest, son copain, tout aussi radieux.

– Des plumes sur un crabe ? Ah… ça alors… en voilà une idée ? Où as-tu vu cela ? lança Léon. Les plumes ça sert à voler, et un crabe ça ne vole pas.

– Ce n'est pas de ma faute si tous ceux que tu as attrapés étaient déplumés, mon vieux. Vu l'état de ta bouche, tu as dû les pêcher avec tes dents ! s'esclaffa Ernest, déclenchant à nouveau le rire de toute l'assemblée. Et puis des crabes géants, tout le monde sait que ça n'existe pas !

– Bien sûr que si, ce genre de bête existe, reprit Gaston. J'ai un cousin du côté de ma femme qui a jadis pêché dans le Grand Nord. Un jour, il a pris l'un de ces crabes, qui faisait dix kilos et avait un mètre cinquante d'envergure.

– C'est vrai ça… fit malgré lui Firmin, en pensant à son décapode, qu'il appelait le « Fabuleux ».

– Tiens ? Tu en as déjà vu un, Firmin ? demanda Gaston, surpris par l'intervention de son ami. Firmin ne sut que dire, s'étant trahi inconsciemment, et demeura un moment interdit.

Un silence de mort s'abattit aussitôt sur la salle.

La foule s'était retournée et lui faisait face, dans un silence pesant, à l'écoute d'une éventuelle réponse.

– Non… non, répondit Firmin, désappointé par la question de Gaston. J'en ai entendu parler… par… un… un ancien cap-hornier, conclut-il, bien heureux d'avoir pu échapper à d'autres explications.

– En effet, c'est une famille de crabes dite royale, originaire du littoral oriental de Sibérie, commenta le docteur Louis Conounec. Il en existe plusieurs espèces, mais le crabe royal rouge est le plus grand. Il peut peser jusqu'à quinze kilos pour atteindre deux mètres d'envergure.

Firmin profita de ces savantes précisions pour se faire oublier et échapper ainsi au regard interrogatif de l'assistance. Il ajusta son col de chemise machinalement et tourna son regard vers l'inconnu qui le fixait toujours. Il aurait bien voulu s'éclipser à l'anglaise pour éviter cet importun, mais il avait promis à Gaston de revenir à Port-Haliguen avec lui.

– Quel niais je fais, se dit-il en secouant la tête de gauche à droite, j'ai failli me dévoiler bêtement.

La réunion prenait fin, et chacun commençait à s'en aller, lorsque l'étrange personnage, qui attendait cet instant, vint à lui. Firmin, qui avait anticipé cette éventualité, s'était vite dirigé dans la rue.

– Monsieur… monsieur ! fit l'inconnu en rattrapant Firmin dans la foulée.
À contrecœur, ce dernier n'eut pas d'autre solution que de s'arrêter.

– Bonjour monsieur, dit l'individu, en inclinant la tête et clignant légèrement des yeux.

– Oui, bonjour, répondit Firmin, le regard dubitatif.

– Vous… l'avez vu… je suis sûr que vous l'avez rencontré, dit l'homme, en le regardant dans le blanc des yeux.

– Qui… qui devrais-je avoir vu, monsieur ?

– Vous le savez bien mon ami… je vous parle du serviteur de la Lune… du seigneur du Tropique et de la constellation du Cancer, le seigneur et maître des portes de Hi-Brazil… Toutes ces précisions devraient vous guider ?

– Désolé monsieur, mais je ne connais aucun serviteur, seigneur, ou maître de la porte de quoi que ce soit ? Vous devez faire erreur sur la personne.

– Non point Firmin… puis-je vous appeler Firmin, monsieur ?

– Faites donc, mais…

– Ne voyez-vous pas que toutes ces précisions ont une forme, une corrélation, un dénominateur commun ? reprit l'inconnu qui tentait de le persuader.

Firmin devint livide. Il avait deviné la forme que représentaient ces aphorismes. Le Tropique, la constellation du Cancer avaient pour diagramme le symbole d'un crabe. Il ne savait rien des portes de Hi-Brazil, mais devinait que cela avait un rapport avec son ami « le Fabuleux ».

– Qui êtes-vous monsieur, il ne me semble pas avoir entendu votre nom ?

– Je ne suis qu'un passant qui passe, qu'importe qui je suis !

– Allons, monsieur, vous devez avoir un nom ? Vous n'êtes pas une chimère, je vous sens et je vous vois !

– La réalité est la forme effective de l'apparence qui nous paraît la plus logique ; elle est peut-être un reflet qui habite notre seule pensée.

– Si vous êtes, et n'êtes point, à qui dois-je me fier, monsieur ?

– À celui qui libéra votre âme et qui vous inonda de toutes ses bontés.

Firmin tressaillit, ayant compris de qui l'homme voulait parler.

– Quel est son nom ? demanda-t-il, soucieux de dissiper ses propres interrogations.

– Vous le savez en vérité, mon ami, je vous parle du Fabuleux ! Ce nom, c'est vous qui le lui avez donné. Avant votre rencontre, il n'en possédait guère, tout du moins celui-ci n'était point usité.

– Mais comment se peut-il ? s'étonna Firmin. Ce nom est une vue de l'esprit que j'ai imaginée.

– Oui il est vrai, mais il était en votre sein. Et seul votre cœur pouvait le révéler.

– Supposons que je connaisse cet être, en quoi pourrais-je l'intéresser ?

– Vous pouvez l'aider, car le voilà à son tour dans la peine.

– Dans la peine ! Mais comment se peut-il… ses pouvoirs m'ont semblé si extraordinaires, si démesurés ! lança Firmin, avouant par là même connaître l'intéressé.

– De la même manière qu'il vous a aidé.

– Mais comment le pourrais-je ? Je n'ai point sa magie, ni ses moult sortilèges !

– Il vous faut juste contribuer à retrouver une partie de lui-même, un indispensable élément de son anatomie qui lui permettrait de retrouver toute sa force.

– Il m'a semblé qu'il possédait et jouissait de tous ses organes, lors de notre dernière rencontre ?

– Oui, en effet, mais je vous parle d'une enveloppe fort précieuse, qui enrobait sa pince ?

– Sa pince… en métal ? Je me souviens qu'il en était pourvu !

– Il s'agit de sa pince gauche, en quartz vert, qui avec celle de droite, en or, comme vous le savez, sont les deux clés indispensables qui lui permettront de rentrer chez lui.

– Aux portes de Hi-Brazil ? s'exclama Firmin, ayant retenu ce nom que l'homme avait auparavant mentionné. Mais qu'est-ce donc que ce pays ?

– C'est un Panthéon, un monde fantasmagorique où l'abstrait côtoie l'invraisemblable. C'est une île fantôme, une cité du fond des âges, qui par la Mer, dort engloutie depuis la nuit des temps. On lui donne de nombreux noms, Ys, Atlantis, Héracleion, et bien d'autres substantifs que la mémoire des hommes a depuis longtemps oubliés. Elle se situe à votre convenance, la mer importe peu ; où que vous soyez, elle est toujours à vos pieds.

– Je n'y comprends rien, lâcha Firmin désorienté. Comment pourrais-je l'aider, étant ignorant de toutes ces choses. Quand bien même j'en aurais conscience, je ne vois point le moyen d'entrevoir ce pays, qui me semble, à première vue, inaccessible !

– Le Lieu de ce sanctuaire, importe peu. Seul « le Fabuleux », en connaît le seuil. Il est malheureusement dans l'impossibilité d'y retourner.

– Mais pourquoi donc ?

– Il erre dans les Abysses sans pouvoir s'en soustraire, ayant par un malheureux hasard rencontré un vilain, que vous avez connu. Celui-ci le prit dans ses filets, sans qu'il puisse se défendre, et lui arracha avec fureur son organe si précieux. Il voulut s'approprier aussi son autre pince, mais par chance, la providence vint à bout de ses prétentions. « Le Fabuleux » put s'échapper non sans dommage, avec les conséquences que je viens de vous conter.

– Fichtre ! Savez-vous le nom du malandrin qui fut cause de tout cela ?

– Non point, mais il semblerait que celui-ci soit mort l'année de son forfait, ayant subi la malédiction que portait ce talisman. Son fils qui en hérita, disparut à son tour sur l'un de vos bateaux, il y a bien des années. C'est là qu'il vous faut chercher les indices afin de pouvoir remonter dans le sillage de ce scélérat.

– Si tous ces gens sont morts, comment pourrais-je retrouver leur piste ? demanda Firmin.

– La clé réside dans vos souvenirs les plus profonds. Ces faits pourront sûrement vous y aider, car ils sont le fil conducteur de ce labyrinthe qui prend sa source dans votre passé. Oubliez toutes vos certitudes, sachez voir dans l'intangible, l'apparence irréelle qui parfois se cache derrière la réalité.

– Franchement, tout cela me semble hermétique !

– Certes, mon ami, il dépend de vous de mieux comprendre ce mystère, car vous êtes sans le savoir, le seul à pouvoir l'élucider.

– Me voici donc la clé des songes, s'amusa Firmin, sur le ton de l'ironie. Il est clair qu'il me faudra beaucoup de temps et d'imagination pour dénouer ce contresens.

– Le temps ? Vous n'en avez point, car les portes de Hi-Brazil s'ouvrent aux prémices du Solstice d'été, lorsque le Soleil entre dans la constellation du Crabe, autrement dit du Cancer. Elles se refermeront dans le signe du Lion. C'est dire qu'il ne vous reste que trois mois pour parvenir à retrouver la relique.

– Cela me paraît impossible ! Rendez-vous compte ! Le mousse auquel vous faites allusion, qui se noya sur mon navire, a disparu depuis plus de trente ans. Quant à son père, il était mort depuis belle lurette quand je pris son fils à mon service.

– En effet Firmin, c'est pourquoi il vous appartient de résoudre cette énigme au plus vite. Vous êtes lié au Fabuleux par les largesses qu'il vous accorda.

– Pourquoi donc, je ne les ai point sollicitées ?

– Certes, mais en les acceptant, vous lui êtes devenus redevable.

– Pourrais-je au moins compter sur votre personne ? demanda Firmin. Ce que vous me demandez est ardu, voire insensé.

– Bien sûr, je ne serai jamais loin de vous Firmin, croyez-moi, ayez confiance. Il vous suffira de penser à moi et de vous poser intérieurement votre question pour en obtenir de la même façon la réponse.

– Seriez-vous magicien ? demanda Firmin.

– Comme vous l'avez pressenti à l'instant, mon cher, je le suis, en quelque sorte.

– Tout de même, monsieur, comment pourrais-je vous questionner, si physiquement, vous êtes ailleurs ?

– Oh combien même je serais avec vous, que pourrait vous apporter mon apparence ? Débarrassez-vous de cette convenance, même si elle vous paraît aujourd'hui inconcevable, vous la trouverez fort commune dans un proche avenir.

L'homme le salua pour finir, et s'en alla sans se retourner, disparaissant comme une ombre avalée dans le halo du soleil ardent.

Firmin se pinça le bras pour se convaincre qu'il n'avait pas rêvé. Cela n'ôta point son doute ; il se fit juste mal, en s'infligeant en même temps un ostensible bleu.

Gaston en avait fini avec les palabres de ses nombreux amis. Il avait pris congé de ceux-ci et vint aussitôt, comme convenu, au-devant de Firmin pour le ramener à Port-Haliguen.

– Eh bien alors, mon pauvre vieux, tu parles tout seul ?

– Comment ça, je parle… mais non, comme tu vois je conversais avec… ce… monsieur !

– Quel monsieur ? Je t'observe depuis un bon moment, et je t'assure que tu causais tout seul !

– Mais cet homme… qui… ça alors… il a disparu balbutia Firmin, en tournant sur lui-même de trois cent soixante degrés. Il était pourtant là, ajouta t-il, éberlué.

– Qui est-ce qui a disparu ? ricana Gaston. Alors comme ça tu radotes et t'as des visions ? Eh bien mon gars, tu ne t'arranges pas.

Firmin ne répondit pas aux allégations de son ami, il était trop abasourdi par la situation qui le laissait pantois. Il regarda une dernière fois tout autour de lui, espérant apercevoir dans la foule encore présente son étrange interlocuteur, mais à l'évidence, celui-ci s'était volatilisé. Il resta là quelques instants, les yeux hagards, la bouche à demi-ouverte, dans l'expression figée d'un mime qui se serait fossilisé. Puis comme un pantin, la tête basse, il alla sur les pas de Gaston qui l'avait devancé. En chemin, il médita le message que le vieillard lui avait délivré. L'entrevue resurgit dans sa tête, image après image, mot pour mot. Il percevait encore les vibrations de la voix chancelante et un peu rauque de ce patriarche fantomatique, qu'il avait été le seul à voir.

– Qui es-tu ? Curieux devin ? Singulier mage ? Vaporeux prophète ? s'interrogea-t-il dubitatif. J'attends de toi un bon secours, un réconfort, une… ! Et puis mince alors… Gaston a raison, je suis atteint de déraison…

- II -

Le lendemain matin, Firmin se réveilla de très bonne heure. « Réveiller » est un vain mot, tant son sommeil fut léger. Cette histoire l'avait tourmenté toute la nuit. Il s'était levé et recouché maintes fois, sans pouvoir trouver le sommeil. Tous ses souvenirs s'étaient bousculés dans sa tête, faisant resurgir les lieux, les scènes, les visages, les voix de chacun de ces hommes et de ces femmes, qui un jour, pour la plupart, s'étaient tus dans le silence de l'éternité. L'un d'entre eux l'obsédait au plus haut point ; il avait eu pour nom Gaël. L'homme à la barbe blanche lui avait rappelé, à demi-mot, ce jour tragique de 1932, qui avait provoqué la disparition du jeune matelot. Cet enfant était mort à cause de lui, il en était persuadé. Bien sûr, la tempête qui l'avait emporté était imprévisible. Elle avait frappé de plein fouet son thonier dundee, « la Fameuse », qui s'était soudain couché sous le vent. Firmin avait fait tout son possible pour manœuvrer promptement, mais la soudaineté du coup de tabac l'avait pris au dépourvu. Deux hommes était tombés à l'eau sans que l'on puisse les secourir car le grain qui sévissait avec fureur rendait la visibilité nulle.

Le mousse, qui avait à peine seize ans, ne savait malheureusement pas nager. Il disparut aussitôt. On put tout de même récupérer le bosco. C'était le père de Gaston, que l'on repêcha, en larmes. Il avait nagé au-devant du gosse, sans pouvoir l'atteindre, et malgré toute son énergie, il l'avait vu couler à pic. En ce temps-là, la pêche se faisait encore à voile. Peu d'armements étaient motorisés. Les manœuvres prenaient beaucoup de temps ; on ne pouvait compter que sur soi-même car la radio était, pour les pêcheurs côtiers, inexistante.

Le visage de l'enfant le hantait continuellement. C'était son ombre noire, sa monomanie, son œil de Caïn, qui ancré dans la cavité de son cerveau, le regardait obstinément.

« *C'est dans votre passé que vous devez chercher* », lui avait dit le mystérieux vieillard.

– De quelle manière pourrais-je, seul, résoudre cette énigme ? se lamenta t-il. C'est chercher un grain de sel dans un verre d'eau.

Toutefois, il n'était pas homme à capituler sans se battre. Il lui sembla devoir s'y atteler immédiatement. Pour cela, il échafauda une foule de scénarios, tous aussi insensés les uns que les autres. Il crut en partie pouvoir trouver une solution, mais tout ce qu'il imagina se révéla utopique.

La journée s'annonçait maussade, le brouillard avait envahi l'horizon et jeté sa nue dans toutes les encoignures de la maison. Firmin se tenait silencieux et pensif devant la grande porte-fenêtre du salon qui plongeait sur la baie de Quiberon, devenue invisible dans la brume. « La fleur du Ponant » semblait être suspendue entre ciel et mer, naviguant à l'aveugle dans ce nébuleux cocon. Cette belle demeure, qui avait été construite autrefois par un capitaine au long cours, lui semblait énigmatique. Firmin l'avait auparavant achetée sur un coup de foudre au début de son mariage avec Paulette. Il n'était alors pas très argenté, mais l'aisance matérielle de son beau-père avait permis le miracle de cette acquisition. Sa disgrâce, son divorce, et la vente forcée de cette demeure après sa banqueroute, l'avaient achevé définitivement. L'ancien pêcheur l'avait acquise dans un moment fort de sa vie. À présent que Paulette l'avait de nouveau rachetée, il ne retrouvait plus ses marques d'antan. Il y était mal à l'aise, perdu dans cet habitacle aseptisé qui jetait sur les murs et sur le mobilier l'ombre de son passé opprobre et consternant. Le sol, lui-même, lui paraissait hostile lorsque son pas courait sur le carrelage monocorde qui envahissait toutes les pièces de la maison.

Pourtant, « La fleur du Ponant » était fort bien située sur les hauteurs de Port-Haliguen, face à l'océan. Sur sa gauche, il pouvait apercevoir la villa Hyacinthe du comte d'Elva, nommée aussi Château rouge. Cette grande bâtisse bourgeoise, très hétéroclite, dominait en bord de mer. Elle était agrémentée d'une petit tour carrée et d'une échauguette effilée. L'ensemble, d'un pur style 1900, imposait par sa stature dans un paysage campagnard à peine dénaturé. À sa droite, un reste de plage, que l'urbanisme avait oublié, côtoyait l'entrée du port. Au loin, on apercevait la pointe du Conguel et le phare de la Teignouse qui prônait avec majesté au bout de cette fin de terre. Parfois, par très beau temps, on pouvait aussi distinguer l'extrémité nord de l'île de Houat.

Il était huit heures sonnantes lorsqu'il entendit Paulette descendre, d'un pas alerte, l'escalier de chêne craquetant à souhait.

– Il n'y a pas mieux comme signal d'alarme, se dit-il.

Elle vint à lui déterminée, finissant de nouer la ceinture du peignoir qu'elle avait enfilé à la hâte. Elle semblait sortir du lit ; ses traits et sa chevelure en désordre témoignaient de cette précipitation. Elle l'embrassa d'un léger baiser sur le front, puis s'assit en le regardant bien en face.

– Tu me sembles bien préoccupé, mon Fifi ? Je vois bien que quelque chose te ronge. Hier soir, tu n'as guère mangé et fort peu discouru. Ce n'est pas dans tes habitudes !

– C'est vrai ma mie, je suis tourmenté au plus haut point. Je ne sais comment résoudre une situation hors du commun.

– Dis-moi ce qui t'inquiète, mon chéri. Comme disait André Gide, « *il n'y a pas de problèmes, il n'y a que des solutions* ».

– Très intéressant ! Où peut-on trouver ce monsieur ?

– Il est mort, mon Fifi.

– Ah ! C'est bien ma veine, marmonna Firmin.

– Alors que t'arrive-t-il de si grave pour te mettre dans cet état ?

– Je n'ose te dire, tu me prendrais pour un fou.

– Tiens donc ! Mais alors, comment puis-je t'aider, si tu ne dis mot ?

– Comme tu voudras… mais je t'aurai prévenue, mon affaire est ardue.

– Vas-y mon Fifidou, je peux tout entendre…

– Je t'aurai mise en garde… !

– Oui… ! Voilà… ! Tu l'as fait ! Je t'écoute…

– Bien… ça a un rapport avec un crabe…

– Un crabe, dis-tu ?

– Oui… non… enfin oui, c'est un genre de crabe qui ressemble à une langouste, avec des pinces et des pattes d'araignées, bafouilla-t-il, en accompagnant ses propos de grands gestes explicatifs.

– Tout cela à la fois ? demanda Paulette, d'un air ironique et amusé.

– Oui, je sais, cela paraît inouï, mais c'est la stricte vérité ! Son corps était visqueux et gélatineux comme on le voit chez les méduses. Sa carapace semblait glisser sur cette matière comme le ferait un jaune d'œuf désolidarisé de son enveloppe. Mais le plus extraordinaire, c'était ses yeux cristallins, plantés à l'avant et l'arrière de sa tête. Pour finir, ses pattes s'appuyaient sur leurs pointes dans un mouvement circulaire qui donnait l'impression qu'elles flottaient. Cela semblait fantomatique.

– Eh bien, on ne va pas aller très loin avec ça, conclut Paulette. Je me demande si tu jouis encore de toutes tes facultés !

– Tu vois ! Ça commence, je ne t'ai presque rien dit, et tu me vois déjà atteint de démence.

– Mais non… je ne voulais pas te heurter. J'essaye seulement de comprendre à quoi peut ressembler un crabe avec toutes les composantes que tu viens de me dépeindre.

– Cela ressemble à ce que je viens de te décrire ! Comprends-tu pourquoi je n'en ai jamais parlé ?

– Tu as peut-être été trompé par ton imagination, les reflets dans le flot sont parfois trompeurs !

— Mais non !… Je l'ai bien vu, il était devant moi… hors de l'eau… sur mon esquif.

– Mais… ! Que faisait-il sur ton bateau ?

– Je l'y avais mis, pensant remonter une prise conventionnelle.

– Conventionnelle… ! Ça alors ? Et bien c'est raté mon chéri. Mais, dis-moi, comment as-tu pu l'extraire de l'eau ? Il devait être très lourd ?

– C'est étrange, je le reconnais. Il ne pesait pas plus qu'un gros bar, c'est après qu'il a renflé.

– Renflé ?... Tu veux dire qu'il a augmenté de volume comme le fait pour se défendre un poisson-globe ?

– Tout à fait, il s'est distendu sur sa hauteur, puis dans une moindre mesure, sur sa largeur.

– Comme un ballon de rugby ?

– Oui ! C'est pourquoi je t'ai dit qu'il avait « renflé », et non pas « gonflé », précisa Firmin, très tendu.

– C'était sans doute un crabe de Montauban, ironisa Paulette.

– Par pitié, ne te moque pas de moi. Je suis déjà bien dépité par cette affaire.

– Excuse-moi, mais c'est nerveux, bafouilla-t-elle, incapable de se maîtriser.

Firmin s'affala de tout son corps dans le fauteuil où il était assis. Il se passa la main dans les cheveux en signe de lassitude. On aurait pu le croire vexé, contrarié à la rigueur, mais c'était bien pire que cela, il était anéanti.

– Alors, que faisons-nous ? hasarda Paulette. Tu devrais en parler à nos amis, l'un deux a peut-être vu ou entendu causer de ce curieux spécimen marin ?

– Tu n'y penses pas ! Comment pourrais-je raconter cette histoire à dormir debout ? Aucun de mes amis ne me croirait, sois en sûre.

– Je te crois bien, moi ?

– Oh, je n'en suis pas persuadé, tu me crois sans doute pour ne pas me faire de peine…

– Peut-être, Fifi… mais réfléchis… si tu trouves dans ton récit, ne serait-ce qu'un fait qui puisse corroborer l'authenticité de ce que tu avances, tu pourras ainsi les convaincre, ou tout du moins, les inciter à t'écouter plus avant ?

– Tu as peut-être raison, je vais demander à Gaston de m'aider, et aussi à notre ami Gilbert. Il est de bon conseil, et surtout, c'est un généalogiste reconnu.

– Oui, en effet, mais que peut faire un généalogiste dans cette histoire ? Tu dois retrouver quelqu'un ? demanda Paulette, intriguée par cette curieuse décision.

– Oui, en quelque sorte.

– Le papa et la maman du crabe ? interrogea-t-elle dans un nouvel éclat de rire involontaire.

– Ah, c'est malin… non, c'est un homme qui est sans doute mort depuis longtemps.

– Ah ! tiens donc ! Et tu vas lui demander quoi à ton mort ?

– Ah ! Mon Dieu, que tu es désobligeante…

Je vais demander aux proches de cet homme s'ils ont retrouvé le corps de son fils.

– Mort aussi ?

– Oui ! Mort aussi… à la fin !

– J'avoue avoir du mal à te comprendre, mais enfin, il me semble que tu devrais aussi demander à Lucien ; il a travaillé à la mairie aux archives civiles pendant trente ans. J'ai vu son épouse hier ; il est à la retraite depuis peu.

– C'est une riche idée. Mais tout dépendra de son degré d'alcoolémie. À la mairie, on l'appelait « papier buvard » tant il se pochait.

– Sans doute, mais dans son travail, il était hors pair. Il a d'ailleurs rendu de nombreux services à Gilbert lors de ses nombreuses recherches. Retrouver l'état-civil de quelqu'un, doit être pour lui un jeu d'enfant !

– Tu oublies qu'il ne travaille plus dans son service, il ne doit plus avoir accès à ces dossiers !

– Je ne m'inquiète pas pour cela ; il est connu comme un loup blanc, il a dû garder de bons contacts.

– Tu as raison, je descends tout de suite chez Thérèse, pour attraper Gaston. Cela m'étonnerait fort que Lucien n'y soit pas aussi ; le bistro, c'est son deuxième bureau.

– Bien, surtout ne t'en fais pas, et oublie un moment ton abominable écrevisse !

– C'est un crabe, Paulette ! Un crabe ! Pas une écrevisse !

– Crabe, écrevisse, qu'importe mon Fifi. Tu sais bien que la seule qui en pince pour toi, c'est moi !

– Très drôle… mais ne m'en veux pas si je reste « pince-sans-rire ».

Firmin se rendit chez Thérèse, au Bag-Bihan. Ce « petit bateau », en breton, avait été son café fétiche pendant des décennies. Il n'y allait à présent que très rarement ; néanmoins il savait pouvoir retrouver un grand nombre de ses amis.

Gaston et Lucien étaient en effet sur place, à ergoter sur des broutilles sans importance. L'arrivée de Firmin dans la salle entraîna de joyeuses acclamations. Tous vinrent à lui pour le saluer avec ferveur. Thérèse lâcha ses verres et vint l'embrasser à son tour avec affection.

– Alors Firmin, que deviens-tu, on ne te voit plus guère maintenant ?

– Oh ! Tu as de beaux habits à présent, lança Lucien, émoustillé par l'alcool d'un copieux apéro.

– Ah, c'est que monsieur Firmin est devenu un notable, bredouilla Gaston, imbibé tout autant.

– Notable ! Vous y allez un peu fort, ce n'est pas parce que j'ai aujourd'hui une belle maison, que j'en suis devenu plus honorable ; c'est bien connu, l'habit ne fait pas le moine. De plus, comme vous le savez, ce n'est pas… ma maison, mais la propriété de ma chère Paulette.

– N'empêche que te voilà, comme un coq en pâte qui, à travers sa croute, sort avec fierté sa tête !

– Ne les écoute pas, rétorqua Thérèse, venue à la rescousse. Ils sont aussi fumés que des harengs, si on leur appuyait sur la tête, il en sortirait d'la goutte !

– Eh bien attends un moment, avec un peu de chance, tu pourras en remplir une barrique, hacha Lucien.

– Aucune chance, mon gars. Chez toi tout s'évapore, à commencer par ton intelligence.

– Tu vois Firmin, comment Thérèse nous traite ? articula Gaston. Tu as raison d'avoir choisi de rester sobre !

– Je vois surtout qu'ici rien n'a changé, dit Firmin amusé. L'ambiance y est toujours aussi conviviale. Pour l'heure, mes amis, j'ai besoin de vous. Pensez-vous que d'ici ce soir vous serez dégrisés ? demanda-t-il en s'esclaffant.

– Sans doute, mon ami, mais commence donc par nous payer un coup, ajouta Lucien.

– Dans l'état où vous êtes, je m'en garderai bien. Excuse-moi de ne point contribuer à enchérir ton chiffre d'affaires, ma chère Thérèse, mais je pense que ceux-là sont sevrés, ils devraient à mon avis rentrer chez eux.

– Non point ! protesta Gaston. On est encore à flot. Et puis regarde le ciel à travers la vitrine ! Les mouettes volent dans le bon sens !

– Pourquoi me dis-tu cela ? demanda Firmin, intrigué par sa remarque.

– Parce que, selon un dicton marin, *« quand les mouettes volent à reculons, on doit rentrer dans sa maison »*, répondit-il, dans un rire ravageur que Lucien partagea avec enthousiasme.

– *« Mouette qui pète, amène la tempête »*, ajouta Thérèse dans un sourire malicieux. Il serait bon de rentrer chez vous, car je vois venir au loin vos mouettes de femmes !

– Fichtre ! s'exclama Gaston en prenant ses jambes à son cou, imité illico par Lucien. Allez… Ke…na…vo…

– Je ne les vois pas arriver ! s'étonna Firmin en scrutant le quai d'où elles étaient censées venir.

– En effet, c'est une ruse de bistrotier. Ce que ces deux-là craignent le plus, ce sont leurs épouses. Aussi, je les évoque souvent pour les inciter à déguerpir.

– Et c'est efficace ?

– Comme tu peux le voir, ils n'aiment guère se frotter à leurs moitiés et adoptent volontiers un profil bas. Faut dire que ces dames sont des plus teigneuses. Aussi l'instinct de conservation de nos deux larrons les incite à se conformer à ce vieil adage : *« si tu veux faire un vieux marin, arrondis les caps et salue les grains »*.

– À les voir courir si activement, il me semble que ce proverbe leur va comme un gant, conclut Firmin.

- III -

Dix-neuf heures sonnèrent à la grosse horloge du salon, qui carillonna dans un long tintement aux multiples résonnances. D'inspiration comtoise, le modèle possédait une particularité unique en son genre. Le cadran en émail ne possédait aucun chiffre, mais chaque division était représentée par un poisson, un mollusque, ou un animal marin. Ainsi, les douze heures étaient affublées de l'image d'un dauphin. Le faciès d'un homard évoquait trois heures, et à son opposé, à neuf heures, s'étalait une remarquable pieuvre.

On y voyait aussi un goéland, qui, placé sur la façade du meuble, en occupait le centre. Ce symbole intentionnel faisait l'objet d'une croyance sacrée.

Ce bijou de famille avait appartenu au grand-père de Paulette, charpentier de marine, fort superstitieux. Il y avait fait graver ce signe en hommage à un parent disparu en mer. Chez les marins, le goéland représente l'âme d'un mort noyé, qui erre dans les abysses. On ne devait en aucune façon toucher celui-ci pour ne point nuire à l'être trépassé. Le père de Paulette l'avait conservé dans la crainte de ce présage, et elle-même, imprégnée de ce fantasme, le conservait pour la même raison.

Le rendez-vous avait été fixé à dix-neuf heures trente. Firmin était déjà sur la terrasse de sa demeure, à guetter ses premiers invités. Celle-ci donnait sur un jardin qui se fermait en contrebas par une robuste porte en fer forgé permettant d'accéder à la mer. Il pouvait aisément les voir arriver du port, perché sur ce promontoire qui dominait la route. Il était anxieux et ne tenait plus en place. Il se remémorait à haute voix les arguments qu'il allait devoir exprimer à son auditoire. Par quoi devait-il commencer ?

Comment pourrait-il convaincre sa bande de bourrus, comme il se plaisait à les appeler autrefois, alors que lui-même doutait à chaque instant de la véracité de son vécu. Paulette, par prudence, s'était retranchée dans sa cuisine, évitant tout contact avec son homme en feu.

C'est Gaston, suivi de Lucien et leurs compagnes, qui actionna le premier la cloche de bronze qui prônait à l'entrée. C'était une belle cloche de quart qui provenait d'un ancien voilier. Une trace presque illisible mentionnait l'année 1912 Ainsi qu'un nom qu'il put interpréter comme étant « la Marie Dieu ». L'idée de la placer à l'entrée lui avait plu. Elle y œuvrait à présent, en gage de sa piété qu'il avait dans le passé quelque peu malmenée.

Firmin, qui avait, en prévision, laissé la porte ouverte, leur fit un magistral signe de la main et les invita à monter l'escalier métallique qui s'élevait sur deux paliers. Les autres invités se présentèrent simultanément, quelques minutes après, si bien que tous furent autour de lui à l'heure dite.

Après avoir échangé les civilités et les congratulations d'usage, l'ensemble du groupe s'installa dans le grand salon, où Paulette les attendait avec des rafraîchissements. Les deux pochards avaient au fil des heures dessoûlé, et se tenaient sagement à côté de leur mégère respective. La tempête matrimoniale avait dû être rude, car l'un et l'autre affichaient un visage atone. Thérèse, quant à elle, s'était habillée pour la circonstance. Elle avait revêtu une tenue noire traditionnelle avec de fines dentelles de la même couleur, rehaussées de légers fils d'or. Elle tenait cet ensemble breton de sa mère ; elle l'avait modifié et surtout allégé après la mort de son époux survenue au cours de la grande guerre de 14-18. Cette tragédie l'avait amenée, comme le prévoyait la coutume d'alors, à découdre les broderies de couleur pour ne laisser que l'essentiel de la camisole et de la jupe, les seules autorisées lors d'un veuvage. C'était un costume dit de « grand dimanche » que l'on portait au début du XXe siècle. Nulle coiffe n'habillait son éternel chignon, recouvert néanmoins d'un cache en laine réalisé au crochet, joliment brodé.

– T'as fermé ton troquet ? lui demanda Gaston.

– Bien sûr, grand nigaud, on est lundi aujourd'hui ! Je n'aurais même pas dû vous ouvrir ce matin…

– Ah… oui, c'est vrai, j'avais oublié, le lundi c'est le dimanche des commerçants…

– Et le mardi, c'est le lundi… reprit Lucien dans un sourire narquois, oubliant déjà le savon que sa femme lui avait infligé.

– Bon ça suffit, conclut Thérèse irritée. Ah…Quelle paire de godiches !

Firmin s'amusa de ce délicieux échange, puis s'assit devant ses hôtes en prenant un air sérieux. Il fixa chacun d'entre eux avec l'inquiétude de quelqu'un qui redoute une moquerie, ou pire encore, d'être incompris. Tous le regardaient dans un silence révérenciel, conscients de sa gravité.

Sa physionomie corporelle et vestimentaire s'était métamorphosée depuis qu'il avait retrouvé sa Paulette. Elle l'avait transformé des pieds à la tête et veillait à le maintenir dans ce nouvel ordre. Il avait, sans scrupules, abandonné sa vilaine barbe, qui jadis se mêlait à ses cheveux ébouriffés. Il avait, malgré tout, tenu à garder un modeste collier qui rappelait à chacun la jaunâtre blancheur de son abondant poil.

– Chers amis, merci à tous d'être venus ce soir ; votre présence est pour moi d'un grand réconfort, et la preuve de votre indéfectible amitié.

Vous me connaissez tous pour la plupart depuis fort longtemps. Vous me savez sain de corps et d'esprit, et je pense qu'il ne vous viendrait point à l'idée que je puisse vous mentir sur quoi que ce soit. Si je prends tant de précautions à votre égard, c'est que ce que je vais vous conter a de quoi surprendre, voire même dérouter. En cela, je vous assure que tout ce que je vais vous relater est rigoureusement exact.

– Diable, fit Lucien, vautré dans l'un des fauteuils. Il était occupé à caresser du bout des doigts sa moustache rousse qui lui descendait dans le cou comme une coulée de tomate. Devant tant de solennité, il nous serait difficile de ne pas te croire sur parole, même si tu nous affirmais avoir marché sur la lune !

– Crois ce que tu veux, mon vieux ! Mais par pitié, tais-toi, pesta Gaston, agacé par la remarque de celui-ci.

Lucien se tut sur-le-champ en percevant les signes d'irritation de tous les autres protagonistes.

– Continue Firmin, nous t'écoutons… ajouta Thérèse, consciente de la tension émotionnelle qui le submergeait.

– Voilà, fit-il après avoir inspiré profondément ; vous vous souvenez tous de cette mémorable pêche miraculeuse, que nous avions faite avec Gaston, sur son chalutier la « Marie-Violette » l'année dernière ?

– Ah ! Pour sûr, s'exclama Gaston. Deux tonnes de maquereaux, ça ne s'oublie pas. Mon bateau a même failli sombrer par l'arrière, tant la charge du chalut était lourde à virer ; puis, quand on a réussi à ouvrir la poche, on s'est tous retrouvé immobilisés par l'énorme quantité de poisson qui s'était déversée sur nous. On en avait jusqu'en haut des cuisses, si bien que si l'un d'entre nous avait eu le malheur de tomber, il lui aurait été impossible de se relever. Tu t'en souviens Firmin ? C'était monstrueux, on nageait vraiment dans le bonheur. Mais dis-moi ? Qu'est-ce que cet événement a à voir avec ce qui te préoccupe aujourd'hui ?

— Il est d'une importance capitale, c'est un détail incontestable que nous avons tous vécu ensemble. Tu en as été le témoin comme moi, et tu peux attester de l'authenticité de ce fait.

— En effet, ce jour-là, je m'en souviens comme si c'était hier, on était quatre marins sur le pont. Il y avait Alann, notre mousse, que l'on appelait P'tit-son, à cause de sa voix aiguë, Pedro le mécanicien, et nous deux, tous excités comme des jouvencelles. Vraiment, je ne vois pas qui pourrait médire sur ce fait ?

— Certes, mon cher Gaston ; je m'efforce tout simplement d'établir des points de réalité par opposition à l'incroyable histoire que je vais vous relater. Encore une fois, je vous affirme que tout ce que je vais vous rapporter est véridique.

— Entracte… fit Paulette, les bras chargés d'une consistante collation qu'elle venait de préparer. Il nous sera plus facile d'entendre tes révélations le ventre plein, lança-t-elle souriante.

— Et quelques verres, pour faire passer l'ensemble, ajouta Lucien en mal d'alcool malgré tout ce qu'il avait déjà ingurgité dans la journée.

— Ma parole, t'es né dans une bouteille, pesta Thérèse. Mais qu'est-ce qui te pousse à boire autant ?

— La soif… rétorqua Lucien, empêtré dans un fou rire controversé.

— La soif n'épanche pas le pochard, elle en fait à coup sûr un poivrot.

— Merci pour ta leçon de morale, ma chère, mais n'est-ce pas mes ivrogneries, qui en fin de compte font ton commerce ?

– Ah mon pauvre Lucien, j'ai vu passer des générations de consommateurs excessifs, éthyliques jusqu'à la moelle, et je t'assure, je n'en suis pas plus riche.

– Je vous en prie, fit Paulette. Ne serait-il pas mieux de prolonger votre conversation autour de ce petit repas ? suggéra-t-elle pour couper court à cette rixe de mots.

– Tu as raison, conclut Thérèse, il est absurde de vouloir persuader un sot, l'entêtement est plus dur que la roche.

Un silence vint calmer les deux tribuns qui s'en allèrent chacun de leur côté. Paulette invita tous ses autres amis à prendre place autour de la table où était présenté le généreux buffet.

– C'est un véritable festin ! s'étonna Gilbert, qui depuis le début de la réunion n'avait dit mot.

C'était un homme pondéré, à la physionomie solide. Un front haut recevait des cheveux bien rangés, peignés avec soin. Deux yeux noisette, intenses et secrets, s'alignaient sur son visage allongé, qui finissait dans le relief d'un menton épuré.

Un nez, petit et retroussé, délimitait le centre de ce faciès que rehaussaient des lèvres expressives et pleines d'attrait.

– Il me tarde de connaître la suite de ton aventure, lança-t-il, occupé à déguster une petite tartine de pain sur laquelle dégoulinait un succulent pâté de campagne, que Paulette avait elle-même cuisiné.

Firmin avait débouché une bonne bouteille de Bordeaux, et s'apprêtait à en verser dans le verre de chaque convive, mais, à sa grande surprise, Gaston, et Lucien, qui d'ordinaire se montraient avenants sur ce point, n'en voulurent pas. Firmin comprit la raison de cette volte-face en observant leurs deux épouses qui, avec insistance, les fusillaient des yeux. La scène n'avait pas échappé aux autres invités, qui se délectaient de cette surprenante facétie.

Après s'être repu du savoureux en-cas, l'ensemble des hôtes reprit sa place. Paulette vint s'asseoir à côté de Thérèse, sur le sofa qui dégageait une odeur d'épices caractéristique d'un vieux cuir. Gaston, décontracté, s'était affalé sur le deuxième fauteuil, les yeux rivés sur Firmin, prêt à boire chacun de ses mots. Lucien, lui, avait opté pour une chaise, au dernier rang de la petite équipe, fâché encore de n'avoir rien bu. Firmin s'était assis sur un fauteuil crapaud qui avalait sans égard sa silhouette. Il se redressa plusieurs fois, pour améliorer sa posture avachie.

– Ton crapaud est un vrai crocodile ? lança Gilbert, dans un rire spontané. Il t'aura mangé avant même que tu n'aies fini ton histoire, ajouta-t-il.

– Gilbert a raison, mon pauvre Firmin, tu serais bien mieux dans un autre siège, reprit Gaston. Firmin sourit de cette mauvaise posture, puis s'assit sur une solide table basse qui servait d'ordinaire à entasser des bibelots.

Après un moment de silence indispensable pour sa concentration, il reprit le cours de son récit.

– Voilà, articula-t-il à haute voix, comme si nul ne devait ignorer son propos. Il y a un an de cela, de bonne heure, j'étais parti à la pêche sur les cailloux de Berg-er-Vachif, à Houat, dans l'intention de pêcher le bar. J'avais mis en action mes cannes et une ligne de fond. Quelques temps après, alors que je somnolais dans la chaleur des premiers rayons, les prémices d'une touche se firent sentir. Sans hésitation, je ferrai celle-ci par de légers à-coups, puis, j'amenai ma ligne d'un coup sec. Je vous fais grâce de tous les détails, qui n'ont pas d'importance dans les faits qui prévalent ces événements.

Je dus lutter avec vigueur pour m'assurer de ma capture, qui finit par lâcher prise, dans un dernier effort.

Il me fallut beaucoup d'imagination pour comprendre et cerner le fruit de ma conquête. Celle-ci n'avait rien à voir avec la faune que l'on s'attend à pêcher en mer ; elle était inerte, visqueuse et informe. Cela ressemblait à un amas gélatiniforme fait de nébuleuses nuances de couleurs plus ou moins prononcées, qui étonnamment se modifiaient par intermittence.

– Ce n'était pas un crabe ? demanda Paulette, étonnée par la nouvelle description qu'en faisait Firmin.

– J'y viens, ma chérie, j'y viens, grommela t-il.

Ne voyant aucun intérêt à conserver cette poisseuse matière, j'entrepris de la remettre à l'eau. Je la poussai à cette fin avec mon pied, pour la rejeter dans l'élément, lorsque soudain, cette substance se mit à bouger.

– Ce n'était pas un crabe ? redemanda Paulette.

Firmin la regarda avec insistance sans rien dire, mais on voyait dans ses yeux l'expression de son agacement.

Paulette comprit le message et se fit toute petite.

– Je fis, comme vous vous en doutez, un magistral bond qui me propulsa à l'arrière de mon bateau. L'étrangeté gonfla et se déploya jusqu'à atteindre deux tailles de plus que la mienne. J'étais terrorisé et incapable de réagir à ce que je voyais. Je pensai fuir en me jetant à l'eau, car la berge était toute proche, mais je réalisai qu'entrer dans son élément me serait préjudiciable. Cette laideur marine prit diverses formes, puis pour finir, le contour d'un curieux crustacé. C'était, pour faire simple, une espèce de crabe-langouste, mi-araignée. Ou peut-être un homard avec un corps de seiche ?

– Et bien, heureusement que tu voulais simplifier, s'étonna Gilbert ! Il y a tant d'espèces dans ta description, qu'il me paraît impossible d'imaginer ton quidam.

– Oui, j'en conviens, mais il était un peu tout cela à la fois ; c'était un être indescriptible…

– Une sorte de kraken ? demanda Lucien, qui avait découvert l'existence d'un tel phénomène dans l'article d'un journal local. Il me semble que c'était un monstre marin de la mythologie grecque ou romaine ?

– Pas du tout, fit Gilbert, attentif aux dires de son ami. Le kraken est issu des légendes scandinaves. C'était un crabe aux proportions gigantesques que certains pêcheurs nordiques prenaient pour une île mouvante. Plus tard, il fut décrit dans divers ouvrages comme ayant la morphologie d'une pieuvre géante.

– Ah, c'est le calamar de Jules Verne ? lança Lucien.

– On dit « calmar », mon ami. C'est en effet un architeuthis que le grand écrivain décrit dans son roman « *Vingt mille lieues sous les mers* », mais la représentation que nous en fait Firmin n'a rien à voir avec ce monstre à tentacules.

– Effectivement, je fus surpris de voir que si une grande partie de son corps était flasque et dépourvue de carapace, c'était pour lui permettre à loisir de s'agrandir dans des proportions hors du commun. Il demeura face à moi, tel un prédateur fixant sa proie. Allez savoir pourquoi, je me mis soudain à lui parler, sans doute pour vaincre ma peur, qui était à son apogée. Je lui dis, fébrile, d'une petite voix, qu'il pouvait s'en retourner d'où il venait, car je n'avais aucune raison de l'importuner davantage. Mon dialogue n'eut aucun effet. Ses multiples yeux, car il en possédait plusieurs paires, tournoyaient sur eux-mêmes dans des sens totalement opposés. Sa bouche, en saillie haletait et dégorgeait un afflux de liquide, qui avec le mouvement de sa respiration, réintégrait aussitôt sa cavité. Enfin, deux énormes moignons en guise de bras, attachés à son horrible tronc, finissaient par deux pinces, dont l'une, plus volumineuse que l'autre, brillait d'un lumineux éclat.

Je tentais de me déplacer pour m'éloigner de lui, lorsque soudain, à ma grande surprise, il se mit à parler…

– Non !... Tu te moques de nous, ricana Gilbert.

– Impensable ! Incroyable ! s'exclama Gaston. Ce n'est pas possible, tu nous fais marcher ?

– Bien sûr, c'est un canular, reprit Gilbert, tu as failli réussir ton coup, vieux farceur…

– Un crabe qui parle ! Alors çà c'est la meilleure ! lança Lucien. S'exprimait-il en français ?

– Bon Diou ! reprit Thérèse, tu as rencontré le diable ?

– Je l'ai cru, c'est vrai, mais ce qui va suivre va sur ce point, en quelque sorte, vous rassurer.

La créature replia son corps de moitié, ayant compris, il me semble, que sa physionomie monstrueuse m'effrayait. Puis elle s'adressa de nouveau à moi.

– En français ? insista Lucien, totalement obnubilé par ce point.

– Oui, en français ! Bien sûr, répondit Firmin, hors de lui. Il me parla, vous dis-je, d'une voix qui me parut grave avec une sorte d'écho métallique.

– Ne sois pas angoissé, mon ami, je ne suis là que pour ton bien. Je t'attendais, tu sais ! Je t'ai longtemps observé depuis le tréfonds, avant de venir à toi.

– Mon bien ? lui dis-je, très critique sur ses intentions. Qu'est-ce qui me vaut une telle bienveillance ?

– La générosité de tes actes passés, qui ont toujours été marqués de compassion pour autrui, les bontés que tu as accordées, souvent au détriment de ta personne, l'abnégation dont tu as fait preuve pour les plus démunis.

– Alors ça ! C'est la meilleure ! lui lançai-je dans un rire nerveux. Si vous me connaissiez tant, vous sauriez que toute ma vie ne fut qu'inconvenance, j'ai toujours été un pochard, un fêtard sans vergogne, un viveur de la plus mauvaise espèce. J'ai par mes errements, perdu tous les bateaux que je tenais en héritage de mon père ; j'ai détruit mon foyer et l'estime de la femme que j'aimais. Et si je dois de ne pas avoir sombré dans la misère et la démence, c'est grâce à quelques amis, qui de moi, ont eu pitié. Dans tout cela, je ne vois pas la moindre compassion ! Pas plus que de bonté de ma part ! Quant à mon dévouement envers les plus démunis, ce sont au contraire les autres qui me l'ont prodigué.

– Tu es fort sévère envers toi, mon ami. Il est vrai que certaines de tes actions ont été malheureuses, et t'ont beaucoup desservi. Mais on ne juge pas un homme sur des fredaines, des relâchements, souvent liés à la dureté de la vie. C'est dans ses qualités de cœur, au fond de lui-même, que l'on trouve sa véritable personnalité.

– Balivernes ! On ne peut effacer ce qui a été, et je ne vois pas ce que tu pourrais changer.

– Tu te trompes Firmin… l'espoir, c'est un fil d'Ariane qui se peut déplier, mais ne brise jamais. C'est une lumière divine qui a son halo dans ton cœur. C'est une providence, que je peux te donner !

– La providence appartient à Dieu ; tu n'es point lui que je sache, et s'il t'a créé de la sorte, je me demande pour quel dessein il t'a conçu ?

– Ne te fie pas à mon apparence, ni aux idées que tu as reçues, car en matière de merveilleux, il est des mondes dans les mondes, qui échappent à l'imagination et à toutes les croyances connues. Si je suis une monstruosité pour toi, par mon aspect et l'étrangeté que je représente, c'est que ton esprit rationnel n'est pas en harmonie avec l'illogisme et l'immatériel de mon environnement. Mon image demeure en plénitude avec le macrocosme des abysses dont je suis issu. Je suis conscient que cela te perturbe et dépasse ton entendement, mais « je suis » parce que tu peux me voir, et parce que tu peux m'entendre.

– Tu ne serais donc, si je comprends bien, qu'une illusion chimérique que mon conscient pourrait contempler ?

– Tu peux l'interpréter de cette manière, si tu y trouves un réconfort. Je suis peut-être une forme de miroir de ta propre individualité.

– Que veux-tu dire ? Je serais donc aussi un monstre ?

– Bien sûr que non, Firmin, je veux dire par là, que nous avons chacun plusieurs personnalités. Imagine ton « moi » devant ta propre image, qui te parle, dans les méandres de ton profond : n'as-tu jamais eu cette sensation d'être plusieurs personnes à la fois ? De dépendre de quelqu'un qui est toi, et pourtant, qui te semble être un autre ?

– Je ne sais pas où tu veux en venir, la bête, mais entre moi et toi, j'avoue ne plus savoir où j'en suis. Ce qui est sûr, c'est que je suis là, sur ma barcasse en face de toi, et que tu me sembles bien réel. Supposons néanmoins que tu sois un mirage, qui par une étrange circonstance se soit posé sur ma réalité. Il importe à présent, que je sache une bonne fois pour toutes pour quelle raison tu m'as approché ?

– Et bien, fit le crabe – qui abaissa encore sa taille, jusqu'à ce qu'elle soit en-dessous de la mienne – je viens t'apporter tout simplement, chance, fortune, et félicité.

Firmin se mit à rire fébrilement sans parvenir à se maîtriser.

– De la chance ? Grand Dieu ! À mon âge ? C'est comme si tu semais des graines dans le sable du désert. Donne-la à plus jeune que moi, car à soixante-dix ans, je n'attends plus rien de ce mirage, aussi soluble qu'un parfum dans l'air.

Je ne veux point non plus de ta fortune, qui ne pourrait de toute façon jamais racheter tout le poids de mes remords. Quant au bonheur, j'en ai joui naguère, c'est vrai, je me souviens de son ivresse et de sa douce plénitude. Mais le temps a fait son œuvre, j'en ai perdu le goût. Tu arrives bien trop tard.

– Le crois-tu, Firmin ? me dit-il avec un regard qui me sembla déconcerté. Le bonheur est l'hostie de l'âme, il est le ciment de l'harmonie du vivre. Non Firmin, il me semble impossible que tu veuilles y renoncer.

– Quand on a peu, on fait avec, puis on s'habitue. C'est un renoncement salutaire à bien des égards. À défaut de vivre, il nous permet de survivre.

– Tu me sembles bien aigri, mon pauvre Firmin. À la rigueur, je pourrai prendre tes propos pour de la philosophie ; une forme de métaphysique de l'abnégation. Si ce n'est que la sérénité dont tu fais preuve n'est que la conséquence de ton enfermement. Une vie de reclus ne fait que des misanthropes.

– Et bien soit, j'ai déjà la réputation d'être un rustre. Je peux donc m'accommoder aisément de toutes tes allégations.

– En somme, tu te complais dans le carcan qui emprisonne ton existence. En définitive, tu es ton seul geôlier ?

– C'est parfait alors, je suis donc un captif heureux puisque, selon tes dires, je me suis moi-même contraint ! Qu'importe la prison si celle-ci nous apaise.

– Puisque tu en es là, il me semble que nous nous sommes tout dit ? On ne peut repousser la mer quand la marée exulte. Cependant, je serais heureux si nous pouvions nous dire adieu en nous serrant la main.

– Faudrait-il encore que tu en aies ! Non, je n'ai pas vraiment envie de te serrer les pinces. Rien qu'à les observer, j'en ai la chair de poule…

– Ne crains rien, me fit-il, tu n'as qu'à les effleurer !

– Que pourrait m'apporter un tel geste ? lui fis-je remarquer.

– Ce qu'il te plaira de vouloir ? À toi de choisir, j'ai tout à donner et tu n'as rien à perdre.

Après avoir marqué un moment de réticence, je tendis ma main avec prudence. Il fit de même avec sa grosse pince dorée qui me frôla imperceptiblement, comme un léger courant d'air venu mourir sur l'avant de mon poignet.

– Adieu Firmin, me dit-il, d'une voix eurythmique, qui me fit presque regretter son départ, tout en le souhaitant au fond de moi-même.

– Adieu, fabuleuse créature, lui dis-je, en le regardant se remettre à l'eau. Il me fixa avec des yeux magnanimes, comme si j'avais été un proche qu'il allait devoir quitter. J'en avais oublié sa laideur et la peur, qui jusqu'ici m'avait accompagnée. Il se ratatina une dernière fois, puis s'immergea dans l'abîme salé qui scintilla d'un futile éclat de soleil, comme s'il avait été irradié.

Voici mes amis, le récit de ma rencontre avec ce crabe. Je ne saurai vous dire si c'était un monstre, ou l'incarnation stupéfiante d'un être prodigieux. Il me semble que c'était un corps altéré, empreint de magnificence.

Dès le lendemain, je retrouvai par enchantement tout ce que j'avais perdu, mon bien, ma chère épouse, et mon intégrité que j'avais tant malmenée.

Vous comprenez mieux pourquoi j'ai gardé si longtemps cet évènement secret ? Qui aurait pu croire une telle histoire ?

Un silence de mort avala ses dernières paroles empreintes d'une vive émotion. Seul Lucien, au bout d'un moment, se risqua tout de même à reprendre la conversation.

– Je ne vois que le vieux Ernest pour croire à toutes ces fadaises. C'est un vrai maboul qui hante le port et parle tout seul. Il est bien possible qu'il ait rencontré ton monstre, lui aussi !

– Mon cher Firmin, fais-moi confiance, je connais un bon psychiatre qui pourra te démêler tout ça ! ajouta Gaston.

– Si tu as l'intention de devenir écrivain, mon cher, tu tiens là un bon sujet, s'amusa Gilbert.

Firmin devint livide et désabusé.

– Vous ne m'avez pas cru… vous ne m'avez pas cru ? bredouilla-t-il dépité.

– Mais si, on te croit, assura Thérèse, on te croit, mais ton histoire est si extravagante !

– C'est vrai, Firmin… avoue que ton aventure est peu crédible et ne repose sur presque rien, reprit Gaston. Le seul élément tangible sur lequel on pourrait à la rigueur s'appuyer, est cette fameuse pêche miraculeuse, que nous avons vécue tous deux à bord de la Marie-Violette. Et puis, il y a cet homme, que tu aurais entrevu à l'assemblée de Quiberon, un fantôme, car personne, hormis toi-même, ne l'a vu ! Certes, je t'ai bien observé et entendu dialoguer à voix haute pendant que je prenais congé de mes amis ; j'étais alors à moins de vingt mètres de toi, et je te le répète, à ma grande surprise, tu parlais tout seul.

– Un homme ? Quel homme ? demanda Paulette.

– Que sais-je, ma pauvre, c'est un individu qui m'a abordé. Il était dans la salle, dans les derniers rangs avec moi, et m'observait avec insistance. Puis à la fin de la réunion, lorsque j'étais dehors, il m'a approché et dit vouloir me parler. « Je viens vous délivrer un message », m'a t-il déclaré.

– Un message ? fit Gilbert, surpris. Voilà peut-être un élément de réponse à tout ce mystère. Que disait celui-ci ?

– Il était question d'un danger imminent, répondit Firmin, hébété dans le flou de toutes ces controverses.

– Un danger pour toi-même ? s'exclama Gaston.

– Non, il s'agissait seulement de venir au secours du « Fabuleux ».

– Ton « Fabuleux » ? Mais ne nous as-tu pas dit que ce crabe possédait tous les pouvoirs de la Terre ? Qui pourrait mieux le secourir que lui-même ?

– Oui en effet… mais l'homme m'a précisé que ses pouvoirs lui venaient de ses pinces. Or un pêcheur, qui l'avait pris dans ses filets, s'était mis en tête de les lui arracher. Dans l'énergie du désespoir, notre décapode a réussi à se dégager, non sans perdre malheureusement le parement de sa pince gauche, constitué de quartz vert. Ainsi, démuni de ce précieux sésame, il ne peut plus rentrer chez lui. C'est pourquoi je me dois, au regard des faveurs qu'il m'a manifestées naguère, de le soutenir par tous les moyens dont je dispose.

– Soyons sérieux, dit Gilbert… si tu n'es pas en danger, pourquoi veux-tu courir un tel risque ? D'autant plus qu'il est peu probable que tu puisses aider cette monstruosité. Franchement Firmin, laisse tomber cette histoire, qui pour toi appartient au passé.

– Je ne le puis…

– Pourquoi donc, mon ami ?

– Parce que précisément, c'est par-delà mon passé que « le Fabuleux » pourra retrouver son talisman.

– Cela a vraiment de l'importance pour toi ?

– Regarde autour de toi... vois comme Paulette est heureuse, vois les murs de cette alcôve qui nous abrite et nous embellit ; tout cela... tout cela, c'est grâce à lui !

– Bon, si tu en fais une affaire personnelle, il ne nous reste plus qu'à essayer de t'aider.

– Oui, mais de quelle manière ? demanda Thérèse.

– Je ne vois que deux solutions, proposa Gilbert. Soit nous croyons à la véracité des propos de notre ami, et alors, il nous faut, avec lui, nous engager dans des recherches approfondies en utilisant tous les éléments qu'il vient de nous décrire. Soit nous pensons, au contraire, qu'il est victime de sa propre imagination. Et dans ce cas précis, il ne nous reste plus qu'à l'entourer de notre amitié et l'aider, tant soit peu, à faire la part des choses. Je vous propose de soumettre notre décision à la majorité de nos voix. Si la plupart d'entre vous décident de le suivre dans ses allégations, j'adhèrerai à ce point de vue, en dépit de mon avis contraire, car je pense qu'il y a là matière à déraison.

– Et bien soit, votons à main levée, proposa Gaston. Notre amitié envers Firmin se doit d'être de la plus vive honnêteté. Pour ma part, je le crois, pour la simple raison que ses dires corroborent des situations qu'effectivement nous avons vécues ensemble. Je demeure il est vrai, sur certains points, encore perplexe, mais je ne doute pas de la véracité de ses affirmations, qui trouveront, j'en suis persuadé, une réponse logique au fur et à mesure que nous les développerons.

– Je le crois aussi, avança Paulette. Qui pourrait mieux que moi-même témoigner de la bonne santé mentale de mon époux ? Et puis, ce n'est pas un imaginatif, loin de là. Je me refuse à admettre qu'il ait tout inventé.

– Paulette a raison, enchaîna Thérèse, il y a bien trop de détails précis dans ses descriptions. Il est évident qu'il les a vraiment vécus.

– Et toi, qu'en penses-tu ? demanda Gaston à Lucien, qui muet et blotti dans un coin, ne s'était pas encore exprimé.

– Un crabe qui parle ? Pourquoi pas, je ne vois là rien d'extraordinaire ? Donnez-moi quelques chopines à boire, et je vous promets que je pourrai entendre parler tout ce que le bon Dieu a créé en ce monde…

– Bien, conclut Gilbert, les dés sont jetés. Nous voilà gratifiés d'une mission hors du commun. Puisse la bonne fortune nous guider dans cet étrange chemin.

Chacun s'en alla de son côté sans dire un mot, laissant Firmin dans ses pensées confuses. Il resta assis, cloué sur son séant, comme un infirme atteint de maux extrêmes. Seule sa main, mollement levée en guise d'adieu, exprimait sa gratitude. Ses yeux figés traduisaient tout son désarroi. Paulette, comme une mère, le prit dans ses bras en le serrant bien fort. Elle l'entendit pleurer et n'osa se mouvoir, recueillant de bon gré ses larmes d'amertume qui inondaient ses seins.

- IV -

Au matin, Firmin qui n'avait guère dormi, se mit à la recherche d'un étonnant bagage. Il savait précisément où le trouver, car il le conservait comme une relique. Il renfermait à lui seul la mémoire de sa vie. Il observa cette vieille malle de voyage en cuir marron noircie par le temps. Les serre-joints en bois s'étaient désolidarisés en maints endroits, mais tenaient encore l'ensemble des ferrures et fermetures en laiton. Cette malle arrière de voiture avait appartenu au père Eugène. Elle était passée de main en main avant d'arriver jusqu'à lui. Il avait bien connu l'auto de ce dernier, une Renault AX de 1908, l'une des premières automobiles populaires que l'on pouvait trouver en France. La seule que son grand-père eut un jour possédée. La couleur était encore présente dans sa mémoire, un vert moyen qui tirait sensiblement sur le bleu. La capote débordait sur l'arrière du véhicule, portée par une ossature de tube complexe. Le pare-brise plat et droit, dépourvu d'essuie-glaces, était la seule protection qu'offrait ce modèle. Le jeune Firmin n'avait jamais pu la conduire officiellement, car le père Eugène s'y opposait avec vigueur. C'était sans compter sur le gargantuesque appétit de celui-ci, qui lui imposait deux à trois heures de sieste tous les après-midi. C'était l'occasion que Firmin et son frère René choisissaient pour s'adonner à une modeste conduite tout autour de la maison familiale. Le moment le plus délicat était le démarrage ; René tournait la manivelle, tandis que Firmin restait au volant pour mettre le contact. Parfois, le moteur en action pétaradait au risque de réveiller le Papy. Heureusement, celui-ci était sourd comme un toupin. Pour ne pas attirer les soupçons sur le niveau de carburant, Firmin achetait des bidons de pétrole en étain de cinq litres, que l'on pouvait trouver partout en ville. Le pétrole

était la seule chose que le père Eugène contrôlait, et gare si d'aventure il en manquait. Cela dura jusqu'au jour ou René, qui n'avait pas lâché la manivelle à temps, se cassa le poignet.

Le grand-père demanda au docteur comment une telle chose avait été possible, et ce dernier, orfèvre en la matière, lui répondit que cet accident, très fréquent, était dû à un retour de manivelle malencontreux.

– Vous en êtes sûr ? avait insisté Eugène.

– Tout à fait, c'est une fracture du scaphoïde, un petit osselet du poignet.

Le Vieux, qui avait tout compris, mit son auto en lieu sûr sans dire un mot.

Ce coffre, ouvert à tout vent, n'avait plus de clé depuis belle lurette ; une sangle rudimentaire en cuir le ceinturait en son milieu.

– Ça fait un bail, se dit Firmin, en l'ouvrant avec précaution.

L'intérieur était constitué de deux plateaux amovibles qui posaient au-dessus d'un vaste fond partagé en deux. Ce bagage contenait, dans un grand désordre, les archives de sa vie professionnelle et des papiers qui lui venaient de sa famille. Dans ses logements s'étalaient une multitude de bibelots, de la montre à gousset qu'il avait portée dans sa jeunesse, au livre de prières qui avait appartenu sans doute à un bisaïeul prénommé Corentin. Il y avait aussi sa paire d'osselets en os véritable que lui avait donné jadis un voisin, Gustave Heuleux, boucher de son état. Il s'agissait de tarses de jeunes moutons qui avaient l'inconvénient de n'avoir pas la même grosseur ; ils étaient bien trop volumineux pour ses petits doigts d'alors. Enfant, il avait entrepris de les limer pour mieux pouvoir les tenir, de sorte que ceux-ci étaient devenus méconnaissables.

Dans un recoin de ce rangement, Firmin retrouva le chapelet à boules de bois vernis et croix d'ivoire de sa première communion, qui lui avait été offert par sa grand-tante « Tata bonbon », ainsi dénommée à cause de sa manie d'offrir en toutes occasions des friandises au miel. Firmin, qui n'appréciait pas ce mets, les acceptaient avec aversion.

Il ne s'attarda pas sur le reste des futilités que contenaient les tiroirs, car il devait absolument récupérer des indices concernant le jeune marin qui s'était noyé naguère sur son bord. Selon le mage, il était la clé qui entourait toute cette intrigue.

Gustave l'en avait prié.

– Sans l'identité de ton mousse, on ne peut entamer les recherches, lui avait-il dit.

Par chance, tous les petits paquets ficelés remplis de documents qui s'entassaient dans le bagage comportaient une date, écrite à la main. C'était autrefois sa mère qui administrait et rangeait ses papiers avec une rigueur méthodique. Firmin étala l'ensemble de son trésor sur la table, qui fut vite envahie.

Le premier petit tas de feuilles qu'il trouva datait de 1915. Il n'en fut pas étonné, car c'est à cette période qu'il avait pris la suite de François son père, alors mobilisé sur le cuirassé Le Bouvet, engagé dans la bataille des Dardanelles. Celui-ci, marin de son état, avait été maître mécanicien bien avant la guerre, ce qui lui valut d'être rappelé sous les drapeaux dès le début des hostilités. Grâce à cette entremise, Firmin, qui était en âge d'être conscrit, échappa à l'incorporation en tant que soutien de famille. La mort de François, le 18 mars 1915, confirma son statut jusqu'à la fin du conflit. Il apprit par la suite que le cuirassé « Le Bouvet » avait touché une mine flottante, ce qui provoqua ainsi la mort de six cent quarante-huit marins. Le bateau sombra en moins d'une minute. C'était, paraît-il, un défaut de ce type de navires, qui avait été reconnu par les instances militaires comme chavirant. Ironie de l'histoire ; les mines de fabrication française avaient été vendues aux Turcs, juste avant ces rivalités.

Firmin examina un à un les petits paquetages enveloppés de façon hétéroclites. Certains avaient été emballés dans un morceau de tissu, d'autres, dans du papier journal. Il les disposa devant lui dans un ordre croissant, pour en avoir une meilleure lecture. Il trouva enfin ce qu'il cherchait, dans une vieille pochette en carton, dont l'étiquette mentionnait l'année 1932. Il l'ouvrit sans attendre. C'était des feuilles de comptes écrites par son comptable, à l'encre noire, d'une jolie écriture penchée. Elles déterminaient avec précision la part que chaque marin recevait en salaire. Celle-ci était répartie selon l'importance de la fonction ; le patron (1 ¾), le matelot (1), le novice (¾). Il parcourut le document et s'arrêta sur le nom du mousse : « Gaël Kerpenno ». Il rechercha avec frénésie d'autres renseignements pouvant le mener à son état-civil complet, mais la feuille ne comportait aucune autre indication. Le jeune homme n'était pas resté longtemps à son bord, tout juste une année. C'est alors que Firmin se souvint l'avoir embarqué en cours de saison, en 1931. Il retrouva effectivement le nom complet et l'adresse de celui-ci dans le bon paquet. Il relut avec émotion ce qu'il avait écrit, lors de son engagement.

Je soussigné Firmin Dremmwec, patron pêcheur à Port-Haliguen, sis route de Saint-Julien, déclare prendre à bord de mon thonier dundee « la Fameuse », Monsieur Gaël Kerpenno, demeurant chemin de Port Blanc au village de Dorbleiz, en qualité de novice, avec l'accord de

madame veuve Marie-Solange Kerpenno, agissant en
qualité de chef de famille, en présence de son fils mineur.
Fait à Port-Haliguen, le 13 mai 1931.

Firmin se hâta de réunir ses précieuses données, car il avait été convenu avec ses amis que tous devaient se réunir chez Thérèse, au Bag Bihan, à dix-sept heures précises.

Il arriva avec un peu de retard, mais chacun put voir dans ses yeux les signes de sa satisfaction.

– As-tu déniché quelque chose ? demanda Gilbert dès son entrée.

– Parfaitement, lança Firmin en levant ses deux pouces en signe de victoire. Nous pouvons enfin commencer notre enquête. Le petit s'appelait « Kerpenno ».

– Cela me dit quelque chose, dit Gaston en se grattant la tête. Oui, je me souviens, j'ai lu un fait divers mentionnant ce nom, il y a deux mois environ ; il était question du vol d'une maquette chez un antiquaire de Quiberon. Elle représentait le « Soleil Royal », un vaisseau de ligne du 17e siècle. Ce modèle réduit avait été construit par un certain Marcel Kerpenno. La maquette fut retrouvée trois jours après sur la plage de la pointe du Conguel, en partie fracassée. Cet acte gratuit s'était déjà produit chez d'autres propriétaires, ainsi qu'au musée de la Mer de Port-Penner. Chacun de ces vols concernait des modèles exécutés par notre homme.

– Il me semble que le prénom du père de Gaël figure dans l'un des documents que je viens de vous apporter, avança Firmin.

Gilbert qui en fait, avait le papier sous les yeux, devint blême.

– C'est le même, dit-il d'une petite voix.

– C'est peut-être un homonyme ? avança Lucien.

– Fort possible, mais les similitudes sont troublantes. Quoi qu'il en soit, nous devons vérifier. Voici ce que nous allons faire, continua-t-il en ouvrant un cahier dans lequel il avait au préalable rédigé diverses notes et tracé un étrange tableau.

– J'ai créé un schéma qui va nous permettre de regrouper tous les renseignements que nous allons glaner au fur et à mesure de nos investigations. Il est composé de fiches sur lesquelles nous porterons le nom de chaque personne qui aura un intérêt pour nous. Nous y mettrons ses coordonnées, son lien de parenté éventuel avec les autres quidams, sa description physique, et surtout, la part de crédit que nous devrons retenir de ses affirmations, car ne vous méprenez pas, entre le vrai et le faux, on nous dira beaucoup de sottises qui pourront nous mener sur de mauvais chemins.

J'y ai inclus un calendrier qui tient compte du temps qui nous est imparti. Ces portes de Hi-Brazil, selon Firmin, devraient s'ouvrir au solstice d'été, le 22 ou 23 juin, et se refermer dans le signe du Lion, le 23 juillet. Nous disposons donc actuellement de vingt-trois jours avant le déclenchement du processus, puis de vingt-deux jours avant que ces mystérieuses portes ne se referment définitivement. Il est évident que cette période constitue un laps de temps à ne pas dépasser, c'est pourquoi le 23 juin sera notre Rubicon. J'ai pour cela, arbitrairement, constitué trois équipes qui pourront œuvrer dans nos missions de façon autonome, ce qui nous permettra aussi d'agir en des lieux différents. J'ai associé Firmin à Lucien ; moi-même à Paulette, et enfin, Thérèse à Gaston, dans la mesure où tous les deux sont actifs dans la journée et ne peuvent, par conséquent, s'impliquer complètement. En premier lieu, j'aimerais que Firmin et Lucien se rendent dès demain au village de Dorbleiz, dernier domicile connu de la famille Kerpenno. Pour ma part, j'irai avec Paulette à la mairie consulter toutes les archives qui pourraient les concerner.

– Dorbleiz, ce n'est pas un village, c'est un lieu-dit situé sur la côte sauvage, précisa Lucien. Il y a trois maisons avec un vieux lavoir en contrebas. Il me semble que plus personne n'y habite depuis longtemps.

– Tu te trompes, reprit Thérèse. Il y a encore la mère Prigent, c'est un sacré bout de bonne femme qui a atteint les quatre-vingt quinze ans. Tu auras bien du mal à la comprendre, car elle parle un gallo épouvantable. Seul Firmin pourra peut-être y arriver car l'une de ses grand-mères était native du coin.

– Tout de même, elle doit bien parler un peu français ?

– Oui… dans une moindre mesure ; comme le sel que l'on ajoute dans un plat de frites, la grenadine que l'on met dans un verre d'eau, et encore ! C'est une dose pour diabétique.

– Dis-moi, Thérèse, n'as-tu pas un antiquaire dans tes clients ? demanda Gilbert.

– Effectivement, c'est le jeune Fredo, qui a pris la suite de son oncle. Je ne serai pas étonnée que ce soit lui la victime du larcin dont vous avez parlé.

– Pourrais-tu t'en assurer ? Cela pourrait nous aider.

– Et moi, que puis-je faire ? grommela Gaston. Je serai en mer à chaluter, mais quand même !

– Prends tes jumelles et observe les flots, lança Lucien. Tu pourras « peut-être » nous retrouver la pince du Fabuleux ?

– Qui sait ? reprit Gaston. À Dorbleiz, tu pourras « peut-être » retrouver ta cervelle, qui depuis longtemps te fait défaut…?

- V -

Comme prévu, le lendemain matin, Firmin et Lucien partirent pour Dorbleiz. Lucien conduisait sa vieille guimbarde, une fourgonnette Renault Juvaquatre de 1945. Il avait hérité de ce tacot à la mort de son père, boulanger à Penthièvre. L'enseigne figurait toujours sur le véhicule : « La Maison du Pain ». Cela lui avait valu, de la part de ses amis, le sobriquet de « Lulu pétrin ». Il est vrai que Lucien n'engendrait pas la chance ; sa vie était jonchée de mauvaises fortunes, un genre de déveine personnelle, en quelque sorte. Malgré un temps pluvieux, Firmin profitait du merveilleux paysage que lui offrait la côte sauvage. Ils avaient traversé Quiberon, dépassé le château de Turpault, qui arborait toute sa splendeur à la pointe de Berg Er Lann[2], puis filé sur Port Er Coulom, dont le nom voulait dire « Pigeon ». Dorbleiz était à quelques encablures, en face du petit îlot de la Truie. Il y avait quatre maisons dont l'une, visiblement occupée, fumait abondamment. Il était évident que c'était dans cette masure que demeurait madame Prigent.

– Madame Prigent ! Madame Prigent ! lança à haute voix Firmin en frappant plusieurs fois la vitre de la petite porte d'entrée.

– *V'la bondiou qui c'est* ?

– C'est moi madame, je suis le petit-fils de Denise Dremmwec, je voudrais vous parler de vos anciens voisins, la famille Kerpenno !

– *Pour tchi faire* ? fit la vieille femme en entrouvrant sa porte.

– Seulement savoir si vous savez ce qu'ils sont devenus ?

---

[2] (Berg Er Lann) Pointe de la Lande.

– *Comment qu'il a nom ?*

– Kerpenno, madame !

– *Intrez, ça cheu comme vache qui pisse, reste pas là avec ton gâ !* dit-elle en libérant la porte que sa canne tenait en respect. *Ça buffe drôle min aneu.*

– Oui, vous avez raison, le vent et la pluie sont violents aujourd'hui…

– *Essious, v'allez bère une bolée.*

– Merci madame, mais nous ne voulons pas vous déranger !

– Qu'a-t-elle dit ? demanda Lucien, qui ne connaissait rien à la langue gallèse.

– Elle nous a dit de nous assoir, pour nous servir un verre.

– Chouette… comment on dit oui ?

– Oui ou ouais, tout simplement.

– Oui, non, comme nous alors ?

– Nouna…

– Nouna quoi ?

– Pour dire non, on dit nouna !

– Ah !

– J'ai ben connu *p'tite mère* Angèle, ta grand-mère, confia la vieille dame. À l'école, on *copieu su notre vésin* pour avoir des bonnes notes, mais si la bonne sœur nous voyait, elle nous *huchait d'sus et avec sa reille de bouais*[3], elle nous donnait une bonne *roustée. I falleu alour* rien dire et faire semblant de *ouigneu* pour pas en avoir une autre. Ah la *maoudite* bonne femme, enfin, *j'ons bin rigoleu*[4].

Firmin eut un rire pincé, pour ne pas la vexer, puis à la faveur de la discussion, il revint sur le sujet qui le préoccupait.

– Vous deviez bien connaître la famille Kerpenno ?

---

[3] (*reille de bouais*) règle de bois.

[4] (*J'ons bin rigoleu*) Nous avons bien rigolé.

– *Dame ver, j'les connésseu bin, pisque ça teu mé vésins*[5]. Une bonne famille. *L'bonhomme* travaillait comme *pêchou,* et la bonne femme était *lavandieure.* Tout le monde vivait *bin* ! Mais *vla ti pas qu'un jou le patron rentre saoul en huchant comme un pourcet qu'on tueu*[6]. Il avait rencontré un *pésson* monstrueux. *L'pov gâ** est devenu tout *diot.* * Reuste don pas d'chomant à rien faire* * ! lui disait sa *p'tite dame,* mais rien n'y faisait, *i teut maouvé** comme le diable. Puis un *jou,* il est parti *pêcheu* et n'est point revenu. Il est mort, *j'seu sûr* depuis *l'temps.*

– On m'a dit qu'il était très habile de ses mains et qu'il avait réalisé de belles maquettes de bateaux anciens.

– *Sia, des biàus batets*,* on venait de loin pour lui *achetou, i falleu* commander un à deux ans *d'vant. D'ma fenéstr j'pouvais l'voir travailleu dans sa piace,* * il finissait *tourjous* très tard *et i roupillait* souvent sur son *morcet d'bouai toute la neu*.*

– C'est la maison d'en face que l'on voit de votre fenêtre ?

– *Sia, astoure*[7], y'a plus personne. À la mort de son bonhomme, sa *fomme* est allée chez sa fille à Auray.

– Sa fille ? fit Firmin surpris. Je pensais que notre homme n'avait qu'un fils ?

– *Nouna,* celle-ci avait eu cette *poupiote* avec un galant avant de s'établir avec lui. Mais le gars s'était *escofié* dans un accident de charruage. *Cé* comme ça q'Marcel la *épeusée* ; heureusement au mariage, *ça s'veuyeu pas. Le recteu n'a vu q'du feu.*

---

[5] *(Dame ver, j'les connésseu bin, pisque ça teu mé vésins)*
Oui bien sûr, je les connaissais bien puisque c'étaient mes voisins.
[6] *(en huchant comme un pourcet qu'on tueu.)* En criant comme un cochon qu'on tue.
* *(L'pov gâ)* Pauvre gars - *(Diot)* Idiot - *(i teut maouvé)* Il était mauvais.
* *(Reuste don pas d'chomant à rien faire)* Ne reste pas là à ne rien faire.
* *(Sia, des biàus batets)* Oui, de beaux bateaux. *(Piace)* Pièce.[0]
* *(Morcet d'bouai toute la neu)* Morceau de bois toute la nuit.
[7] *(Sia, astoure)* Oui, maintenant.

– Peut-on visiter la maison ?

– *Dame ver,* j'ai *tourjous* la *cleu* avec *maï*, mais ne regardez pas *la pagale* car un *voleu* est venu *agricheu d'dans.*

– Un voleur dites-vous ? Mon Dieu, quand est-ce arrivé ? demanda Firmin stupéfait.

– Un *saï d'la semaine d'vant.*[8]* *J'oui* un bruit, mais, *cé pas fiant d'alleu tout seul la neu, j'me suis clampinée** derrière mes carreaux pour *vaï*. La *neu* était *naï* et *j'voyais* rien.

– Ont-ils volé quelque chose ?

– *Nouna*, mais *cé* tout *casseu, tous les batets* qui étaient *d'dans.*

– C'est étrange, remarqua Firmin. Apparemment, la motivation de ce maraudeur n'est pas le vol ; il recherche quelque chose ? Sans doute le même objet que nous ?

– Tu as raison, mais qui peut-il être ? répondit Lucien. « Le Fabuleux » n'est connu que de nous !

– À présent, je n'en suis plus si sûr ; allons jeter un œil dans ce lieu, nous pourrons, avec de la chance, trouver des indices, conclut Firmin.

La porte du hangar qui servait d'atelier avait une vitre brisée. Elle était fermée à l'origine d'un simple loquet que le voleur avait facilement actionné. Le sol était jonché de toutes sortes de matériaux disloqués. Une multitude d'étagères désormais vides habillaient tous les murs, donnant un aspect lugubre à ce décor dévasté. La pénombre de la pièce ajoutait à cette tragédie des grimaces fantomatiques que le hasard de la lumière révélait d'un bref éclat.

– C'est un champ de bataille, lança Lucien, celui qui a chamboulé ça s'est vraiment appliqué !

---

[8] * *(Un saï d'la semaine d'vant)* un soir de la semaine d'avant
* *(Cé pas fiant d'alleu tout seul la neu)* Ce n'est pas prudent d'aller tout seul la nuit
* *(J'me suis clampinée)* Je me suis cachée.

– Tu as raison, inutile d'insister, nous ne trouverons rien dans ce capharnaüm.

Le peu de lumière qui régnait dans la pièce, fut estompé par une ombre qui passa devant la fenêtre.

– Il y a quelqu'un qui nous observe ! lança Lucien, en se précipitant dehors à la poursuite de l'intrus. Firmin moins agile que lui, fit de même sans se faire d'illusions sur ses capacités physiques. Il vit au loin Lucien qui courait comme un dératé derrière un individu, avant de disparaître soudain de son champ de vision. Il revint dix minutes après, hors d'haleine, une main sur sa cage thoracique, pour mieux récupérer.

– Tu as vu qui c'était, demanda Firmin ?

– Pas vraiment, mais bon Dieu quel coureur !

– C'était sûrement un jeune homme, pour être aussi rapide…

– Je ne crois pas, il avait des cheveux blancs et sa démarche était parfois chaotique. Quoi qu'il en soit, il a fait tomber un objet pendant sa course.

– Un objet ? Nom d'une pipe ! Fais-moi voir, dit Firmin impatient.

– Tiens, le voilà… ça ressemble à un calepin ?

– Tu as raison, c'est un carnet… Bravo, mon ami. Firmin l'ouvrit et laissa éclater sa joie.

– Incroyable ! C'est une liste de noms de bateaux, avec des adresses, sans doute le lieu où ceux-ci ont été livrés.

– Ah ! Voilà pourquoi ce bandit savait où trouver ces maudits rafiots. À présent nous pourrons peut-être avoir une longueur d'avance sur lui…

– Espérons-le, car avec ce malandrin, notre mission se complique bigrement. Allons rejoindre nos amis pour les en informer ; il se peut que sans le savoir nous courrions un réel danger.

Firmin et Lucien arrivèrent en trombe au Bag-Bihan. Tous avaient à dire, tant la journée avait été riche en événements inopinés.

Thérèse avait délaissé sa clientèle. À présent, ses meilleurs clients se servaient tout seuls. Ils en avaient d'ailleurs l'habitude et restaient toujours honnêtes envers elle. Une ardoise à cet effet était fixée au mur, et chacun, scrupuleusement, y notait ses consommations.

La réunion s'annonçait captivante. Firmin et Lucien racontèrent à grand renfort de gestes les péripéties dont ils avaient fait l'objet. La course poursuite fit grande impression sur le groupe et valut à Lucien d'être ovationné. Le clou du récit fut bien entendu l'exhibition du carnet de notes récupéré sur place. Gilbert le prit en main et le feuilleta attentivement.

— C'est parfait ! dit-il. Il y a là, sans doute, toute la production de bateaux en modèles réduits que feu Marcel Kerpenno a construits avant sa mort. On y trouve les noms des vaisseaux, leur taille, leur prix de vente, les adresses où ils ont été livrés pour certains, mais curieusement, je ne vois aucun nom ? On ne connaît pas les acquéreurs ? Peut-être ne voulait-il pas les impliquer dans un commerce qui m'a tout l'air d'être une vente sous le manteau ?

— Y a t-il des éléments qui nous permettraient de dater précisément ces transactions ? demanda Firmin.

— Oui et non.

— Que veux-tu dire ?

— Ce carnet paraît être divisé en plusieurs périodes. Les premiers échanges ne comportent aucune date. Puis on y trouve, dans la deuxième et la troisième partie, des indications mentionnant l'année où les maquettes ont été vendues. Les dernières, les plus précises, mentionnent les mois et l'année de leur négoce.

Le décalage entre ces opérations s'étale sur des décennies. Ce qui pose un problème.

– Que veux-tu dire par problème ?

– Je veux dire que la plupart de ces transactions n'ont pu être effectuées par Marcel Kerpenno. Ce dernier était décédé depuis plus de trente-cinq ans. Alors… qui a écrit ces dernières notes ?

– C'est peut-être notre aigrefin ? Que disent ces observations ?

– Rien d'intelligible, juste des signes et des croix. Je ne serais pas surpris si chacune de ces marques correspondaient à un larcin !

– Lumineux ! fit Gilbert, tu as raison. Hier, j'ai consulté tous les journaux qui parlaient de ces vols. Le plus récent a été commis il y a huit jours. Et effectivement, sur le carnet, on y trouve le symbole d'une forme annotée.

Le bateau suivant sur cette liste est « L'Andromeda ». Il est écrit en tout petit, « navire négrier de Nantes perdu au large de Quiberon en 1729 ». L'adresse mentionnée est 10 rue Jean Bar à Port-Haliguen !

– Y a-t-il une marque, marmonna Firmin au comble de l'excitation.

– Aucune, lança Gilbert, c'est là qu'il va frapper ! J'en suis certain.

– C'est bien possible, mais chez qui ? Je connais bien ce lieu, c'est une grande bâtisse avec une dizaine de propriétaires. Il faudrait s'y rendre le plus tôt possible…

– Nous irons demain, en espérant que notre forban ne soit pas déjà passé. Pour ma part, aujourd'hui, j'ai compulsé avec Paulette les archives de la mairie, qui nous ont été ouvertes amicalement par les collègues de service de Lucien. Nous avons trouvé des points intéressants. Je vous confirme ce que nous a rapporté à l'instant Firmin.

Marie-Solange Kerpenno, née Baumelec, a bien eu une fille avant mariage. L'enfant a été reconnue deux fois.

– Comment se peut-il, demanda Gaston ?

– Certainement, volontairement, en utilisant une fausse erreur d'écriture.

– Comment ça ?

– Je m'explique ; Marie-Solange Baumelec était enceinte de son prétendant Martial Kerpenno.

– Kerpenno ? s'étonna Firmin.

– Oui en effet, c'était le jeune frère de Marcel. Celui-ci s'est tué malencontreusement en labourant sa terre. Il avait tout de même eu le temps de reconnaître la petite. La suite, vous la connaissez. Étant virtuellement veuve sans avoir eu le temps de se marier, Marie-Solange, par nécessité, épousa Marcel qui reconnut l'enfant à son tour.

– Mais c'est impossible ? Le préposé de la mairie aurait dû s'en apercevoir ?

– Évidemment, il n'y a aucun doute à ce sujet. On comprend mieux quand on connaît le nom de l'officier d'état-civil du moment…

– Comment s'appelait-il ? demanda Gaston, en haleine.

– Victor Kerpenno ; c'était le père de Marcel et Martial. Il ne voulait pas, semble t-il, que cet imbroglio entache sa famille.

– Mais… ! Comment vous en êtes-vous aperçus, demanda Firmin ?

– Tout simplement, en consultant le registre. Il y avait une rature sur le prénom du demandant, avec un ajout assez grossier. De Martial à Marcel, il n'y avait qu'un pas que Victor Kerpenno put franchir aisément.

– Bigre ? Est-il toujours vivant ?

– J'ai bien peur que non. Lucie est apparemment la seule qui soit encore de ce monde. Nous avons retrouvé son adresse à Saint-Goustan, et je me propose de m'y rendre dès demain avec Paulette. Et toi Gaston, as-tu pu glaner quelque chose ?

– Ô, que oui mes amis, j'ai de quoi vous surprendre, dit-il enthousiaste. Je tiens mes informations du fils du docteur Villard qui officiait jadis à Saint-Pierre-Quiberon. Ce docteur, médecin de famille de Marcel Kerpenno, recevait ses clients dans son cabinet attenant à sa maison. C'est pourquoi son fils Charles les rencontrait parfois. Un jour qu'il s'en revenait de l'école, le garçon croisa Marcel Kerpenno dans une étrange posture. Celui-ci venait consulter, la main recouverte d'une serviette sous laquelle il put entrevoir une affreuse blessure. C'était une plaie béante ensanglantée.

Le soir même, Charles demanda à son père, non sans crainte, car le praticien n'aimait pas communiquer sur le secret médical de ses patients, quelle avait été la chose ou l'objet qui avait causé cette mauvaise plaie. Celui-ci, disposé à dialoguer avec son fils, lui révéla que son patient Marcel Kerpenno lui avait dit avoir été happé par un énorme crabe, et qu'il s'en était miraculeusement dégagé, en lui arrachant sa pince. Le docteur put d'ailleurs l'observer, car l'homme l'avait apportée avec lui et l'exhibait comme un trophée. Elle était de couleur verte d'aspect marbré, recouverte entièrement de cette pierre minérale. Le thérapeute préféra envoyer Marcel à l'hôpital, tant il fallait le recoudre à outrance. Ce fut la dernière fois qu'il le vit. Puis, le mois dernier, Charles qui arpentait les magasins de Quiberon, crut reconnaître celui-ci qui, a sa grande surprise, n'avait pas pris une ride, malgré trente années passées. Il se souvint alors de sa lésion, et porta immédiatement son regard sur le bras qui avait été atrophié. Il n'y avait aucun doute, la main qu'il vit était couverte de cicatrices qui laissaient apparaître les traces de cette ancienne meurtrissure.

– Incroyable, lança Gilbert, j'ai vu son acte de naissance à la mairie ; il a disparu en 1930 à l'âge de cinquante-neuf ans. Il aurait aujourd'hui quatre-vingt-dix ans !

– Ce serait l'homme que nous avons vu à Dorbleiz ? avança Firmin.

– Impossible, il n'aurait pu échapper à un grand gaillard comme Lucien. Je pense qu'il nous faut reconsidérer tous les éléments qui tournent autour de cette énigme. Réfléchissons : nous avons un crabe à qui on dérobe sa pince. Un pêcheur aigrefin qui jadis la vola. Un mystérieux cambrioleur à la recherche d'on ne sait quoi, qui détruit plus qu'il ne vole ! Et un mage fantomatique qui devrait nous aider, mais qui ne le fait pas. Dans les éléments, nous avons une pince, une mystérieuse maquette, et un carnet de notes que nous avons récupéré.

– Maquette ? Quelle maquette ? demanda Firmin.

– Voyons mon cher, c'est évident, la pince doit être cachée dans l'un de ces modèles réduits, et notre maraudeur veut comme nous la récupérer.

– Logique, mais pour quoi en faire ? s'interrogea Lucien. Elle ne peut servir qu'au Fabuleux ?

– C'est ce que je supposais au premier abord, mais imaginons que celle-ci, hormis pour notre crabe, ait le pouvoir de libérer un autre quidam, qui par le même sortilège, se retrouve lui aussi emprisonné ?

– Mon Dieu, à qui penses-tu ? lança Firmin.

– À un mort-vivant…

– Tu veux dire que le malandrin et Marcel Kerpenno seraient une seule et même personne ?

– Tout à fait…

– Mais voyons ! C'est un vieillard !

– Sans doute, mais c'est un vieillard qui court plus vite que Lucien…

– Malgré tout, si cela était, lui seul doit savoir où est dissimulée cette pince ? Il lui est donc inutile de la rechercher puisqu'à l'évidence, c'est lui qui l'aura cachée !

– Oui mais quelqu'un a sûrement déplacé, voire vendu le modèle qui la renfermait. Pendant sa longue absence, sa femme, sa fille, en ont hérité après sa mort supposée. Il est probable qu'elles en aient fait commerce à ce moment-là.

– Mais comment peux-tu en être sûr ?

– Je ne suis certain de rien, mais en examinant le calepin de plus près, j'ai remarqué qu'il comportait trois écritures différentes. Pour être cohérent, je dirai que la première est celle de Marcel. La deuxième, celle de sa femme, et la troisième, de sa fille. Ce sont les observations et les datations qui m'ont permis d'arriver à cette conclusion. Marcel a noté ses ventes sur le carnet de 1928 à 1930. Sa femme, qui a pris le relais, a écrit de 1931 à 1945. Puis sa fille, probablement, a consigné ses ventes jusqu'en 1950. En cela, tout est normal, me direz-vous, sauf que la graphie de Marcel Kerpenno revient étrangement s'intercaler dans les autres notes avec de mystérieux signes et figures géométriques. La dernière n'a que quelques jours. J'en déduis qu'il était en possession dudit carnet et que c'est bien lui que Lucien poursuivait.

– C'est inouï ! Il n'y a plus de doute, c'est bien notre brigand, acquiesça Firmin. On nage vraiment dans l'invraisemblable !

– Ce n'est pas moins inconcevable que ton histoire de crabe, fit remarquer Lucien. Avec tout ce que nous voyons autour de nous, la normalité pourrait nous paraître suspecte !

– Bien sûr, tu as raison, c'est d'ailleurs pourquoi je veux mener à bien cette enquête. En retrouvant la pince du Fabuleux, j'obtiendrai de lui toutes les réponses à mes questions, car à la fin, il doit bien y avoir une explication !

– Évidemment, dit Gilbert en hochant de la tête en signe d'approbation. Nous approchons doucement, mais sûrement de la vérité. Notre programme pour demain est tout tracé ; Paulette et moi allons voir Lucie à Saint-Goustan. Et vous, Firmin et Lucien, foncez à l'adresse de Port-Haliguen, pour intercepter la maquette de l'Andromeda, avant que ce maudit Marcel ne s'en empare. C'est pour nous l'occasion de prendre la main. J'espère seulement que notre politesse dominicale ne nous portera pas préjudice, car pour un malfrat, le temps n'existe pas. Il peut, en ce moment, agir à nos dépens, et parfaitement nous devancer.

- VI -

Le port de Saint-Goustan était à trois heures de route de Quiberon ; aussi Gilbert, qui possédait un bateau de bonne taille, décida qu'il s'y rendrait par la mer. La journée s'annonçait belle et la météo marine excellente. Pour ne pas incommoder Thérèse, qui à vrai dire, appréciait peu ce genre de déplacement, il avait été convenu que ce serait Firmin qui la remplacerait. Gilbert était déjà à pied d'œuvre sur son embarcation lorsque ce dernier arriva sur le quai de Port-Haliguen. C'est là qu'il mouillait d'ordinaire son esquif, sur un corps-mort du vieux bassin. Il s'était provisoirement amarré à la jetée, en face d'une échelle, pour faciliter l'embarquement de son ami. La marée avait commencé à remonter. Il était donc urgent de prendre la mer, car ils devaient atteindre l'entrée du golfe du Morbihan à marée haute, pour bénéficier des courants rentrants. Firmin avait emporté avec lui des provisions de bouche que Paulette avait préparées, et un excellent café dans un thermos, qui embaumait tout le bord.

Gilbert lança le moteur de cette vieille coque des années 30, qu'il avait acquise sur un coup de tête, un beau jour de printemps. Un vieux marin de ses connaissances lui avait proposé ce rafiau de quarante pieds, pour une modique somme. Le prix était si dérisoire qu'il lui avait paru impensable de ne pas l'acheter. Ce bateau se révéla être par la suite un véritable gouffre financier tant il y avait à refaire.

Tous deux connaissaient parfaitement l'entrée du golfe, qui était située pratiquement en face de Port-Haliguen. Ils prirent par conséquent, sans hésiter, un cap au 60, après avoir estimé, de quelques degrés, la probable dérive que leur feraient subir le vent et les courants. La vieille bête filait les dix nœuds. Il ne fallait donc que cinquante minutes pour parcourir les 8,4 milles marins qui les séparaient de la pointe de Kerpenhir, porte d'entrée de ce petit paradis armoricain. Ils naviguèrent sans encombre et furent très vite en vue de la petite île de Meaban, qui présentait sa pointe comme une sentinelle au-devant de l'entrée de la petite mer. Firmin sourit en se rappelant le dicton qui entourait ce petit bout de terre : « qui voit Meaban n'est pas dedans ».

Comme d'habitude, la rencontre des deux flots, qui entraient et sortaient au moment de la marée, les ballota dans des remous qui bouillonnaient plus ou moins fortement dans cette large passe.

Ils doublèrent sur leur tribord Port-Navalo trônant en face de Locmariaquer, puis prirent la direction de la rivière d'Auray. Celle-ci offre un dédale d'anses de toutes tailles, parsemées de nombreux îlots. Firmin se régalait à la vision de ces petites îles, mouillant à vau-l'eau comme des bateaux perdus dans la petite immensité de ce havre naturel. Ils passèrent devant Er Runio, Kerouac'h, le Guern, le port du Parün, et bien d'autres lieux, pour enfin arriver dans l'abri, « cul de sac » de Saint-Goustan. Ce mythique port d'Auray, qui autrefois alimentait toute la région de Vannes, avait gardé son charmant caractère vieille France. Naguère, les voiliers remontaient vers lui, à la faveur du vent, jusqu'à plus est ; puis, dans l'impossibilité de naviguer, faute de pouvoir manœuvrer dans l'étroit passage de la rivière, ils étaient halés le long des berges par les hommes et les chevaux jusqu'aux quais. Affrétés de nouveau, ils repartaient vers la haute mer de la même façon.

Lucie habitait quai Franklin, dans une petite échoppe qu'elle tenait depuis de nombreuses années. Gilbert et Firmin, sans le savoir, s'étaient amarrés juste en face. Ils purent ainsi atteindre son établissement après n'avoir parcouru qu'une vingtaine de mètres. Ils se retrouvèrent nez à nez avec elle, occupée à servir un client en terrasse.

– Bonjour madame... Êtes-vous Lucie Kerpenno ? demanda Firmin, avec un large sourire, comme s'il avait voulu l'amadouer.

– Oui, en effet, dit-elle, pardonnez ma surprise, mais il y tellement longtemps que l'on ne m'a pas appelée ainsi...

– Mille excuses, reprit Gilbert, nous ne connaissions que votre nom de jeune fille.

– Il n'y a pas de mal, d'ailleurs, cela m'est très agréable, cela me rappelle tellement de souvenirs.

Lucie, qui avait dépassé la cinquantaine, était encore très avenante pour son âge. Son gracieux minois accompagnait harmonieusement son physique élancé. Des yeux pétillants et enjoués laissaient apparaître, derrière un bleu profond, sa grande maturité.

– Nous voudrions vous entretenir de votre famille et notamment de votre père. Auriez-vous un moment à nous accorder ?

– Mon père... ? Oui bien sûr, laissez-moi quelques instants pour me faire remplacer, dit-elle, en retournant en cuisine.

Elle revint avec une jeune femme qui avait tout l'air d'être sa serveuse.

– Voila... que voulez-vous savoir ?

– Eh bien, c'est très délicat, continua Gilbert, pensez-vous que votre parent soit encore en vie ?

– Vous voulez plaisanter !... Tout le monde sait qu'il a disparu depuis longtemps ? Qu'est-ce qui vous fait penser qu'il est encore vivant ?

– De récents événements et un témoignage qui nous semble fort troublant...

– Une personne l'aurait vu ?

– Peut-être, mais nous n'en n'avons pas la certitude...

– Oh…! J'ai un affreux pressentiment… vous me faites peur messieurs !

– Pourquoi donc, madame, demanda Firmin, intrigué par sa réaction.

– Parce qu'il m'a semblé l'avoir aperçu, moi aussi. J'en ai encore la chair de poule…

– Bigre, ce serait donc vrai ? marmonna Gilbert. Pouvez-vous nous dire dans quelles circonstances vous avez fait cette rencontre fortuite ?

– Eh bien, c'était un soir. J'étais occupée avec mon mari à nettoyer et ranger la salle de notre restaurant, lorsque nous avons entendu un violent bruit qui venait de notre logement au-dessus. Pierre s'est précipité à l'étage, pensant avoir affaire à un voleur, tandis que je sortais dans la rue pour demander de l'aide. C'est à ce moment-là que j'ai vu cet homme qui ressemblait à si méprendre à mon défunt père. Il sortait de notre arrière-boutique avec en main, le morceau d'une maquette de bateau qu'il venait de nous dérober. J'étais abasourdie, et persuadée de l'avoir reconnu. Puis un instant, le doute m'a envahi progressivement, je me suis dit que cela devait être une coïncidence, et que malgré les apparences, ce ne pouvait être lui. Dans l'appartement, nous avons fait l'inventaire de ce qui aurait pu nous être volé, mais à part le voilier entièrement brisé qui jonchait le sol, rien ne manquait. En fait, ce vieux gréement n'avait pas beaucoup de valeur ; je me demande encore pourquoi il a tant intéressé l'intrus.

– Il est évident qu'il cherchait quelque chose.

– Mais quoi donc ?

– Euh…une pince…

– De crabe… ?

– En effet…Vous en connaissez l'existence ?

– Oh oui, mon Dieu, c'est cette pince qui est à l'origine de la folie de mon père ! Elle a détruit sa vie, et empoisonné la nôtre. Vous savez, il était obsédé par ce membre répugnant. Il restait de longues heures à le fixer sans bouger ; il lui parlait même parfois à la façon de quelqu'un qui a commis une faute et qui inlassablement s'en excuse. Je l'ai vu une fois, en pleine crise, se cogner la tête contre les murs. Cela horrifiait ma mère qui un jour, en son absence, avait saisi cette atrocité et l'avait enterrée dans le jardin. Quand il est revenu, il est entré dans une folle rage et s'est mis à humer l'air à la façon d'un chien qui piste une proie. Puis, il est allé, à notre grande surprise, directement à l'endroit où ma mère l'avait enfouie. Souvent lorsqu'il entrait dans ces folies dévastatrices, ma pauvre mère nous emmenait nous réfugier chez un voisin. Cette chose le dominait manifestement. Je la revois encore, prônant en permanence sur la table de son atelier ; j'en avais peur et la fuyais comme la peste. Elle était devenue malsaine dans mon esprit.

– Savez-vous ce qu'elle est devenue ?

– Non, j'avoue ne pas m'en souvenir, mais ce qui est sûr, c'est qu'elle était encore là après la mystérieuse disparition de mon père.

– Il est donc impossible que ce soit lui qui l'ait dissimulée ?

– En effet, je peux vous l'affirmer. J'ai quitté par la suite notre maison, quelques temps après, pour vivre avec mon homme. Je ne suis jamais retournée dans ce maudit atelier ; et ma mère, que je visitais chez elle de temps en temps, ne m'en a jamais plus parlé.

– Nous avons trouvé un carnet mentionnant sa production, ainsi que les ventes qu'il avait pu réaliser. Il y avait aussi des annotations prouvant que votre mère et vous-même aviez négocié une partie de celles-ci.

– Oui en effet, il restait dans l'atelier, bien emballées sur les étagères, douze maquettes, qui dormaient en ce lieu depuis longtemps. Étant à ce moment-là toutes les deux privées de ressources, nous avons pris la décision de les vendre. Ma mère a pu, grâce à ses relations, en céder quatre, et moi-même, j'en ai négocié six.

– Dix sur douze ? Et les deux autres, demanda Gilbert ?

– À la mort de maman, mon frère et moi avons décidé d'en conserver chacun une. La mienne m'a été dérobée et détruite dans les circonstances que je vous relatais tout à l'heure.

– Votre frère ? s'étonna Firmin, surpris par les révélations de Lucie ; mais... vous en aviez deux ?

– Deux quoi ? fit Lucie.

– De frères...!

– Non, pas que je sache. Je vous parle de Gaël, mon frère que l'on avait cru, il est vrai, disparu en 1932.

– Sapristi !...Mais... je le croyais mort ? Je l'ai vu de mes propres yeux disparaître en mer ! C'est incroyable... rendez-vous compte, cette tragédie m'a affecté toute ma vie. Il n'y a pas un jour où je ne me suis senti coupable de n'avoir pu le sauver !... Ah mon Dieu, comment est-ce possible ?

Firmin s'effondra sur une chaise à sa portée, puis mit les mains sur son visage et resta prostré dans cette position de longues minutes.

– Je suis désolée, fit Lucie, je pensais que cette information avait filtré.

– Pas vraiment, reprit Gilbert. J'ai moi-même consulté récemment les registres de la mairie, et je vous assure, sur tous les documents officiels, il est enregistré comme trépassé !

– C'est vrai, confirma-t-elle embarrassée ; de retour en France, il n'a pas souhaité rétablir son identité.

– Mais pourquoi donc ?

– Cela vient du fait qu'il n'est plus officiellement citoyen français.

– Comment cela ? demanda Firmin, revenu enfin de ses émotions.

– C'est une longue histoire qui a commencé comme vous le savez sur votre bateau, votre thonier dundee « la Fameuse ». C'était la première campagne de pêche que Gaël effectuait. Il était fier d'aller avec vous dans les parages de l'île de Ré. Il n'avait jamais été aussi loin ; toute sa vie se cantonnait à Quiberon. Quand la violente tempête se déclara, il était occupé à la manœuvre avec l'un de vos marins, lorsqu'un énorme paquet de mer les projeta dans les flots. Il fut éjecté si violemment qu'il perdit connaissance un instant, et c'est en se noyant littéralement qu'il reprit ses esprits après avoir absorbé une grande quantité d'eau. Il ne savait pas nager, mais heureusement, il put attraper une bouée lancée de votre bord, qui flottait dans sa trajectoire. Celle-ci le sauva *in extremis*. Le courant l'avait emporté loin du bateau, et c'est impuissant qu'il vous vit vous affairer pour tenter de lui venir en aide. Vous étiez malheureusement bien trop éloignés pour le voir. Il vous appela désespérément en pure perte, puis décida, hors d'haleine, de ne plus lutter pour économiser ses forces. La mer était déchaînée et le ballotait dans des creux gigantesques. Le froid l'envahit petit à petit, si bien qu'il perdit de nouveau conscience. C'est un bateau de pêche irlandais d'un armement de Howth, près de Dublin, qui le recueillit dans un état d'hypothermie avancée. Ironie du sort, ces marins recherchaient aussi un des leurs, disparu dans les mêmes circonstances. Ils appartenaient tous à une flottille de thoniers partis en campagne depuis peu, et s'étaient volontairement dispersés pour retrouver leur infortuné compatriote. Chaque unité venait d'un port différent, si bien qu'à bord des autres bateaux, nul ne connaissait vraiment l'homme qu'il recherchait. Croyant l'avoir enfin récupéré en la personne de mon frère, ils le ramenèrent en Irlande.

La méprise fut d'autant plus grande que Gaël, qui se trouvait dans un demi-coma, se révéla par la suite être totalement amnésique. Il fut soigné à Dublin et ne retrouva la mémoire que bien des années après. Entretemps, il avait été adopté par une famille d'accueil qui lui donna sa nouvelle identité. Dieu merci, ma mère le revit deux ans avant sa mort ; une dernière joie que lui offrit l'adversité.

— Qu'est-il devenu ? demanda Firmin, encore abasourdi par ce qu'il venait d'apprendre.

— Il vit actuellement dans les Anglo-normandes où il a fondé une famille. Il exerce un emploi dans la marine marchande ; aussi, nous le revoyons de temps en temps lorsqu'il fait escale en France.

— Excusez-moi de revenir à votre maquette, mais ce point a pour nous une grande importance. Pensez-vous qu'elle aurait pu contenir un logement permettant de cacher ce que nous recherchons ?

— Il y avait, il est vrai, une cavité dans celle-ci, que mon mari découvrit à la faveur d'un nettoyage, mais elle était vide.

— En somme, il y a de fortes chances pour que la pince soit dans le modèle que possède votre frère ?

— C'est bien possible, car cette œuvre est la plus volumineuse que mon père n'ait jamais faite. Elle représente un vaisseau de 1850, le « Napoléon ». Le premier navire de guerre au monde à disposer de la propulsion à hélice. Je m'en souviens très bien, car il m'avait alors conté toute l'histoire de cet étonnant navire. Il avait même envisagé de construire une petite réplique de la machine à vapeur qui à l'origine le propulsait. Cela dit, je vous avoue avoir du mal à comprendre ce que ce maudit morceau de crabe pourrait lui apporter, et aussi la raison pour laquelle vous voulez vous-même le récupérer.

— Votre question est ardue ; il m'est difficile de vous répondre objectivement, car les détails de cette histoire sont énigmatiques, voire ésotériques…

— Ils sont pourtant à votre portée ?

— Nullement, ne croyez pas cela. Si nous avons, il est vrai, à notre disposition des éléments tangibles et concordants, la plus grande partie de ce mystère demeure. Ce que je peux néanmoins vous dire, c'est que ce moignon de décapode est sans doute une clé que nous devons absolument rendre à son propriétaire.

— Le crabe ?

— Tout à fait…

— Franchement monsieur, vous êtes aussi fou que l'était mon père ! Je pense que cette pince continue à faire des ravages, elle est déjà en vous.

— Mais non, Lucie, lança Firmin, oubliant dans son élan tous ses préceptes de politesse. Je dois reconnaître que vous avez raison sur un point. Elle m'obsède, il est vrai, depuis fort longtemps. Néanmoins, je n'ai pas peur de cette chose, car je connais la créature à qui elle appartient. Elle vous paraîtrait j'en suis sûr, immonde et repoussante. Pourtant, elle a de la bonté et de la mansuétude, et je ne doute pas que lorsqu'elle aura retrouvé son bien, sa gratitude rejaillira.

— Eh bien, je pense que vous en savez bien plus que vous ne le dites. Si vous avez toutes les raisons de vous réjouir, il n'en est pas de même pour moi. Je pensais cette histoire terminée, et me voilà de nouveau plongée dans ses vicissitudes. Ah ! Mon pauvre père… ! Comment en est-il arrivé là ? À cause de qui… à cause de quoi ?

— À cause de quoi ! lança Gilbert… Bien sûr ! C'est ça… Lucie, votre question est oratoire !

— Que voulez-vous dire ?

– Tout simplement qu'elle met en évidence la réponse.

– Comment cela… mon Dieu, exprimez-vous ?

– Il est vivant…

– Vivant ?

– Oui, il est vivant… grâce à la pince !

– Mais… ? Vous venez de me dire qu'il ne la possédait pas ?

– Certes, mais le crabe non plus ! Cette pince a certainement créé un vide temporel qui l'empêche de rentrer chez lui, et qui par la même étrangeté, permet à votre père d'exister temporairement.

– Vous voulez dire qu'il serait en quelque sorte un mort-vivant ? Quel avantage aurait-il alors à posséder ce talisman, si celui-ci ne peut avoir sur lui que le pouvoir de prolonger son existence fantomatique ?

– Lui seul à la réponse Lucie. Je sens que malgré tout cela, vous aimez encore celui-ci, et que vous vous refusez à reconnaître qu'il puisse être dans cet avatar, en dépit des apparences, le vil personnage que l'on vous a dépeint.

– Oui en effet ; si vous aviez connu cet homme avant ce dramatique évènement, vous l'auriez jugé de bonne augure, pondéré et intègre pour les autres et les siens.

– Je vous comprends. C'est pourquoi je vous demande de coopérer. En perçant ce mystère, nous pourrons peut-être parvenir à l'aider.

– Je n'y crois guère, monsieur, vous m'avez tout l'air d'un bourreau qui va à la recherche de sa victime.

– Vous y allez fort Lucie ! Nous ne sommes pas chasseurs, et votre père n'est pas gibier. Si les circonstances nous ont fortuitement conduits sur la même route, ce n'est pas pour nous combattre, loin de là, c'est peut-être dans le dessein de nous rapprocher. Il ne faut préjuger de rien ; le hasard est souvent l'âme des contraires, rien n'est joué tant qu'il n'a pas soufflé.

– Pourrais-je au moins connaître, une bonne fois pour toutes, le fond de cette histoire ?

– Il vous sera possible de tout savoir en venant avec nous !

– Je vous aiderai donc, ne serait-ce que pour espérer le revoir, et le sauver de lui-même. J'irai avec vous chez mon frère à Sark près de Guernesey.

– Sark ? Vous voulez dire Sercq ? s'étonna Firmin.

– Oui, si vous préférez ce nom en français ; c'est là dans le bien de sa femme qu'il demeure lorsqu'il n'est pas en mer, mais aussi parce que l'armateur qui l'emploie se trouve à Cherbourg. Elle possède un petit cottage typique de cette Cornouaille anglaise, près de Port-Maseline, au nord de l'île. Il est facile de prendre un bateau pour nous y rendre par Saint-Malo ou par Granville.

– Parfait, mon cousin a une embarcation rapide à Carteret, située pratiquement en face. Nous sommes assez bons marins pour y aller par nos propres moyens. Je vous y emmènerai donc, lança Gilbert, sûr de lui.

– Bien, quand voulez-vous que nous nous y rendions ? demanda Lucie.

– Le plus tôt possible, car le temps est compté, répondit Firmin. Il s'avère que ce crabe, que nous appelons « le Fabuleux », est tributaire d'une sorte de passage qui s'ouvre seulement au solstice d'été dans la constellation du Cancer, et se referme dans le signe du Lion. Passé ce délai, il pourrait demeurer prisonnier à jamais des abysses. Cet étrange corridor, qu'il appelle les portes de Hi-Brazil, se refermera dans une vingtaine de jours. C'est dire qu'il y a urgence.

– Nous sommes prêts dès à présent ; nous pouvons partir dans quarante-huit heures, ajouta Gilbert.

– C'est parfait, cela va me laisser le temps de prévenir Gaël et de lui expliquer la raison de notre visite, avança

Lucie, qui au fond d'elle-même se demandait déjà comment elle allait s'y prendre.

Gilbert sentit sa soudaine préoccupation, et la rassura d'un petit conseil.

– Allez à l'essentiel. Dans cette situation, mieux vaut en dire moins que s'en aller trop dire.

- VII -

La petite troupe était partie aux premières lueurs du jour. Thérèse, Paulette et Lucien, s'étaient engouffrés dans la voiture de Gilbert, tandis que Firmin et Lucie suivaient leurs amis dans la voiture de cette dernière.

Nul n'osait vraiment l'avouer, mais les derniers événements qui s'étaient déroulés depuis peu avaient de quoi glacer le sang. Chacun contenait sa propre peur en se réfugiant dans cette appréhension commune, qui, pensaient-ils, suffirait à conjurer cet obsédant mystère, de plus en plus obscur. Ils étaient étrangement calmes, malgré cette phobie perceptible qui les tenait à fleur de peau.

Lucie pensait à son père, qu'elle avait vu s'enfuir bien mal à propos. Cet étrange voleur lui inspirait aujourd'hui plus de crainte que d'affection. Pourtant, son amour filial la ramenait irrémédiablement à lui. Ne l'avait-il pas reconnue, alors que son père biologique était mort ? Ne l'avait-il pas aimée comme sa propre fille durant toute sa jeunesse ? Non, elle ne pouvait se résoudre à l'abandonner à un moment ou peut-être il avait le plus besoin d'elle ! Elle se devait de le soutenir envers et contre tous, fut-elle allée jusqu'au bout de ses désillusions.

Firmin songeait encore à Gaël, et sa miraculeuse résurrection. Il ressassait ce tragique événement, comme s'il s'agissait d'un mauvais film où, malgré lui, il était le vilain héros. Il le revoyait, comme au premier jour, tomber comme une masse dans les flots bouillonnants, puis disparaître dans cet écumeux linceul.

Il entendait encore en lui, comme un écho perfide, ses appels de détresse qui avaient habité si longtemps sa tête. Et puis, il ressentait cette fatale impuissance qui s'était alors emparée de lui, cette paralysie qui vous engloutit tout entier, qui vous emmuraille les sens, aussi sûrement que le ferait un froid tombeau.

Cela l'avait tourmenté pendant trente ans, et voilà qu'il allait rencontrer de nouveau ce gosse, qui était devenu entretemps un homme. Il était cependant heureux de le revoir ; il conservait encore le souvenir de son visage juvénile et rieur. Et ses yeux… ah ! Ces yeux bleus perçants qui attiraient tous les regards tant ils étaient captivants. Firmin conservait néanmoins envers lui un sentiment de honte, une piteuse culpabilité, qui le prenait à bras-le-corps sans qu'il puisse malheureusement s'en départir.

Gilbert, lui, focalisait toute son énergie sur le mystère de la pince. Son pouvoir supposé l'intriguait terriblement. Il en avait oublié tous les travers, toutes les intrigues qu'elle avait suscitées ; c'est dire que l'aspect maléfique de la chose ne l'impressionnait pas.

Thérèse, plus désinvolte, pensait au crabe, qui avait été pour son cher Firmin d'une grande bonté. Elle le devinait de la plus belle espèce, et s'employait à imaginer son faciès, en attendant le moment où elle pourrait peut-être l'apercevoir.

Paulette, pour sa part, lassée de toutes les contingences qui avaient chamboulé sa vie, était pressée d'en finir. Elle n'avait qu'une hâte, envoyer « le Fabuleux » au diable, une bonne fois pour toutes.

Lucien, lui, comme d'habitude, était placide et dormait dans son coin.

Cela faisait des heures que l'équipée roulait, lorsqu'ils parvinrent enfin aux abords de Coutances. Gilbert, qui conduisait depuis le début, décida de faire une pause le long d'un petit bois qui longeait la route. Tous accueillirent ce petit répit avec satisfaction.

– C'n'est pas trop tôt, lança Lucien en se dirigeant à grand pas vers un chemin creux, pour soulager son existence.

– Si tu buvais moins, t'en aurais moins dans l'sac, lui dit Thérèse, d'un air narquois qui déclencha l'allégresse de tous ses autres amis. Lucien continua sa course en ronchonnant des propos que tous devinèrent furibonds.

Chacun se détendait à sa manière, lorsqu'ils entendirent, venant de sa direction, un plouf épouvantable qui ne laissait présager rien de bon.

– Ah… Bon Dieu, s'écria Firmin, le v'là dans la soupe, faut-il être c…

Ils se précipitèrent tous au-devant de lui. En effet, voulant couper court sur le chemin du retour, il était tombé dans une douve jusqu'aux genoux.

– Eh bien, te voilà beau, dit Gilbert, en l'aidant à sortir du fossé. Encore une chance que l'eau ne soit pas boueuse !

– As-tu au moins des vêtements de rechange ? lui demanda Paulette, qui avait pitié de lui.

– Oui, j'ai un pantalon, mais pas de chaussures, répondit-il, affecté.

– En bien comme ça, cela te rafraîchira les idées des pieds à la tête, conclut Firmin.

Tous regagnèrent la voiture, au son des pas de Lucien, qui produisait de sonores « flic et flac » à n'en plus finir.

Il restait une cinquantaine de kilomètres avant d'atteindre Carteret ; Gilbert connaissait bien la région, il y était né et y avait vécu de nombreuses années. Toute sa famille était disséminée dans le coin. Ce qui fait qu'au passage, il aurait pu à loisir, tout le long du parcours, s'arrêter une vingtaine de fois.

Il était convenu avec Richard, son cousin germain, qu'il l'attendrait sur le port de Carteret, situé à l'embouchure de ce havre profond. C'est de là que partaient les liaisons régulières pour les îles de Jersey et Guernesey.

Gilbert se faisait une joie de le retrouver. Ils ne s'étaient plus vus depuis des lustres ; et puis l'homme, atypique et chaleureux, était bon vivant, jusqu'aux bout des ongles. Il avait toujours un bon saucisson et une bonne bouteille de vin à son bord, prête à être débouchée à la bonne franquette. Au-delà de son bon plaisir, il avait fait de ce partage sa raison d'être.

Le port de Carteret, aussi appelé « le port des Isles », se situe dans la Manche, à l'ouest du Cotentin. Il est orienté sur la rive droite de l'embouchure de la Gerfleur, non loin de l'extrémité du cap de Carteret.

Le groupe arriva sur le quai avec une bonne heure d'avance. Richard, qui s'afférait sur son bateau, les salua d'un grand signe, puis l'air enjoué, alla à leur rencontre.

– Alors, vieille carcasse, toujours à siroter sur ton rafiot ? lança Gilbert.

– Et toi ! Le kouign-amann à chapeau rond, toujours à cultiver tes artichauts ? répondit Richard.

– Est-ce que tu bois encore cette pisse normande qui ne vaudra jamais notre cidre breton ?

– Bien sûr, mon vieux, tu sais bien que ton jus de pomme n'est bon qu'à nettoyer les lattes de mon pont et les commodités de mon bord !

– Pichet de gnôle… !

– Beurre salé… ! s'écrièrent-ils simultanément.

C'était comme cela que les deux larrons se disaient bonjour. Ça se terminait toujours par une chaleureuse accolade où se mêlaient de copieux rires et de sincères congratulations.

Le « Filochard » était une ancienne vedette militaire que Richard avait retapée brillamment. Sa formation de mécanicien dans la Royale lui avait été très utile dans cette rénovation. Ce bateau, dont la construction datait d'avant la guerre, faisait treize mètres de long. Le cockpit de pilotage, étroitement lié au carré, était spacieux et richement habillé d'un ensemble de panneaux en bois vernis. Il devait cet embellissement à l'ancien propriétaire, qui avait poussé le décor au paroxysme.

Comme prévu, l'embarquement pour l'île de Sercq se fit immédiatement. Richard avait préparé des sandwiches au saucisson (bien sûr), et un petit beaujolais qui réchauffa tous les cœurs.

Ils doublèrent rapidement le cap de Carteret et prirent la direction de leur destination.

– Sommes-nous loin de Sercq ? demanda Paulette à Richard, qui œuvrait à la barre de son bateau.

– Non, on est à moins de deux heures des ports. Ils sont pratiquement en face de nous. Il en existe deux, non loin l'un de l'autre. Port-Maseline est un port en eau profonde ; c'est là qu'accostent les navettes de Jersey et Guernesey. L'autre abri, à quelques encablures, que l'on appelle Port-Creux, est plus typique et s'assèche en partie à la marée ; c'est pourquoi nous mouillerons devant. D'après Lucie, la maison de Gaël est à flanc de côte, juste au-dessus. On devrait l'apercevoir dès notre arrivée.

– Est-ce un mouillage sûr ? insista Paulette, dont la curiosité n'avait pas été assouvie.

– Tout à fait. D'ailleurs, Gaël nous a fait savoir qu'il y avait un corps-mort à notre disposition. On devrait le reconnaître facilement, car une bouée de couleur orange le situe actuellement. Avec un tel coloris, on la remarquera à coup sûr.

Ils avaient bien navigué lorsque l'île de Sercq commença à se découvrir. Elle était cotonneuse, furtive, chimérique, comme un ectoplasme engendré par on ne sait quel magicien ou dément. Elle s'offrait au regard attentif et opiniâtre de chacun, malgré le contre-jour substantiel d'un Phébus qui la léchait à l'Est de ses rayons naissants. Elle paraissait patibulaire dans ce bain de lumière blafarde qui n'en finissait pas d'avaler toutes les ombres. La roche se faisait chair dans des éclats ignés, et devenait morne dans ses crevasses austères.

Port-Maseline montrait timidement le bout de son nez ; on distinguait difficilement son môle, dont la pierre ocrée à la limite du blanc, s'effaçait pratiquement dans ce paysage de limbes. À sa gauche, Port-Creux, encaissé totalement dans la roche, se cachait ouvertement derrière une imposante barrière d'écueils recouverte par des centaines de mouettes et autres oiseaux marins.

Richard connaissait bien ce mouillage. Il y entra en contournant ses roches par bâbord, évitant le goulet à tribord, que la marée basse rendait parfois dangereux. Il avait talonné jadis sur ce fond, s'étant trop approché du bord, et ne s'y aventurait plus.

Le jour, à présent, digérait les brumes, et dévoilait toute la magie de l'île. La lande fleurie s'affirmait dans les escarpements et les failles, qui offraient, pêle-mêle, leurs lits rudimentaires. Plus loin, en suspens, cramponnées comme des grappes, des feuillées embrouillées escaladaient les pans en se jouant du vide.

Ils étaient tous absorbés par ce spectacle de carte postale qui s'offrait à eux. La mer, elle-même, avait revêtu ses plus beaux habits, où des bleus lumineux, fort étincelants, se mêlaient, çà et là, à des transparences, dont les verts faisaient figure d'émeraudes. La côte abrupte, parfois à pic, dentelée de toutes parts, plongeait sans ménagement dans cet océan, qui en ce jour, s'était empli de plénitude. Seul un constant ressac, hérissé d'écumes, venait ourler les pointes acérées des récifs, réputés naufrageurs.

Paulette tressaillit en les voyant. Elle se rappela la lecture qu'elle avait faite dans sa jeunesse du roman de Maurice Leblanc, « l'Île aux trente cercueils ». Elle se souvenait avec effroi de la noire description de cette histoire sépulcrale, qui vous glaçait les membres dès les premières pages, et vous menait ensuite à l'apothéose de l'horreur. « *Trente écueils faisaient face à trente dolmens, comme trente cercueils* », et chacun d'entre eux, comme si ce n'était pas assez lugubre, portait le même nom que celui qui lui correspondait.

Quoique l'auteur ait nommé son île « Sarek », il était indéniable que les descriptions qu'il en avait faites coïncidaient en tout point à l'île de Sercq. « *Quatre femmes en croix* » pouvait-on lire plus loin. C'en était trop pour Paulette ; tout à présent l'effrayait. La coïncidence lui paraissait évidente ; le mage qui les poursuivait ressemblait étrangement à ces druides assassins qui crucifiaient sans vergogne. Le lieu aussi l'interpellait. Pourquoi ici justement ; cela aurait pu être ailleurs, n'importe où ?

– Il faut que j'oublie ce récit, se dit-elle, il est bien trop malsain. Et... et si cela avait à voir avec... ? Oh non... non, par pitié, il faut que je chasse cette histoire de mon esprit... il faut absolument que je l'enterre... oh... mon Dieu, encore un mot funeste... !

Il ne fut pas difficile de trouver l'ancrage de Gaël, tant la couleur de son corps flottant était clinquante. On aurait dit qu'il avait été peint au minium de plomb, cette peinture dont on se servait autrefois comme antirouille. Richard aborda la bouée délicatement, s'y accrocha, mit les pare-battages sur les deux bords de son bateau, puis, par sécurité, lança sa deuxième ancre sur son arrière pour éviter toute dérive dans cet endroit encombré de rochers. Tous s'étaient volontiers mis à la manœuvre en s'ébaudissant de tous leurs gestes. Firmin et Gilbert aidèrent à descendre l'annexe de Richard, fixée sur ses bossoirs, en s'assurant des palans, dans une parfaite synchronisation.

Puis quand l'embarcation fut prête, chacun prit place dans ce large canot traditionnel, qui sentait encore à plein nez le parfum d'un vernis fraîchement passé.

Richard était un marin respectueux des usages ; c'est donc à la rame que le groupe poursuivit sa route et entra dans Port-Creux encore en eau. Sur le quai, un homme à la physionomie joviale, leur faisait timidement des signes de la main. Lucie reconnut son frère, visiblement ému. Firmin le discerna sans mal, dans la foule de curieux qui observaient la scène ; il n'avait guère changé malgré les années. Il avait gardé cette carrure imposante et sa coiffure atypique, coupée en brosse, qui avait perdu un peu de sa blondeur au profit d'un cheveu plus grisonnant.

Richard rentra les rames et finit sa course à la godille, tandis que Firmin, en prévision de l'accostage, lançait un bout à Gaël sur le quai. Celui-ci l'enroula immédiatement sur une bitte d'amarrage.

C'est Firmin qui descendit le premier ; Gaël, s'approcha de lui et tendit une main fraternelle que Firmin prit à son tour. Ses yeux, embués de larmes, trahissaient l'émoi que provoquait cette incroyable rencontre. Puis n'y tenant plus, ils se jetèrent dans les bras l'un de l'autre, en restant dans cette posture de longues minutes sans dire le moindre mot. On les vit un moment se parler à voix basse, s'étourdir de paroles en chaleureux propos, puis de nouveau, sans voix, s'étreindre dans une même communion.

L'assistance se figea, devant tant d'effusions, et s'unit en silence à ces deux hommes que rien ne pouvait sur l'instant séparer. Nul n'interrompit ce moment intense, que chacun savait être le dénouement d'une effarante aventure. Elle avait commencé jadis par une tragédie, et se terminait ici, par le miracle de la réunion de deux êtres qui se croyaient perdus.

Gaël avec projeté d'emmener ses amis dans sa maison, située sur le haut de port, pour une petite collation de bienvenue. Pour ce faire, il avait prévu un agréable charroi, tout aussi original qu'inattendu. En effet, il n'y avait pas d'automobile sur l'île ; ce transport y était interdit. Gaël était venu avec sa propre calèche et l'attelage de l'un de ses voisins. Le jeune enfant de celui-ci, qui en commandait les rênes, mit sa belle dextérité au vu de tous.

La petite bande s'amusa du rythme tranquille que procurait ce moyen de locomotion local. Il lui sembla que le temps, ici, s'était arrêté depuis de nombreuses années. Les chemins de terre immémoriaux, car en ce lieu, nulle route digne de ce nom n'existait, avaient gardé l'authenticité sereine des siècles passés. Cette beauté naturelle, aussi rugueuse que romantique, offrait partout ses luxuriants et incomparables bosquets fournis, ses forêts ténébreuses, qui s'arrêtaient en maints endroits, en pointillé, sur des pâtures couvertes de fleurs sauvages. Bruyères, rhododendrons et fougères pullulaient dans des chemins buissonniers qui souvent, au fil d'étroits sentiers et de petits ravins, finissaient toujours par rejoindre la mer.

Le paysage défilait au rythme des pas des chevaux, lorsqu'au détour d'un chemin creux, apparut une vénérable masure de pierre grise. Une écharpe de lierre enveloppait le haut de son pignon, soulignant l'ardoise patinée de sa toiture. C'est là, dans cette fermette tranquille, que Gaël demeurait. La bâtisse était sagement posée devant une pente douce d'herbes folles qui disparaissaient la plupart du temps sous l'invasion d'un tapis de végétaux incultes et conquérants. Quelques maigres buissons arrêtaient la parcelle qui plongeait ensuite dans l'océan, comme un glacier qui s'émiette et se brise aux quatre vents.

Tous mirent pied à terre dans ce petit paradis qui exaltait mille parfums, amplifiés par l'air iodé de cet univers marin. Ils prirent le temps de flâner dans le jardin sauvage, qui néanmoins, s'ordonnait naturellement sous la main immuable de la grande dame nature.

Personne n'osa aborder, en ce moment privilégié, l'objet qui les avait menés ici. Chacun redoutait l'instant et attendait passivement que l'un d'entre eux ait le courage d'en parler. Pourtant, à les voir se regarder en chien de faïence, on voyait bien que leurs propos aimables cachaient, en vérité, une impatience, une soif d'aboutir, qui se lisait sur les visages et leur comportement guindés. Gaël feignit de ne pas s'en apercevoir, il resta stoïque, presque effacé. Comment aurait-il pu dire à ses amis, venus de si loin chercher des certitudes, qu'ils étaient venus là, et ne trouveraient rien de ce qu'ils espéraient… ?

- VIII -

— Alors mon cher Gaël, dit Firmin, nous sommes tous impatients d'examiner cette fameuse maquette ; il faut que l'on sache une bonne fois pour toutes où se trouve cette sacrée pince !

— Tout à fait, lancèrent de concert ses amis, excités par l'imminence de cette opportunité.

Gaël devint blanc comme neige, bredouilla quelques mots inaudibles, puis se reprit :

— Eh bien mes amis… en prévision de votre venue, j'ai pris la liberté de l'examiner.

— Alors ? demanda Firmin, as-tu trouvé quelque chose ?

— Par pitié, parle, ne nous laisse pas languir, ajouta Gilbert.

— J'y viens, mes amis, j'y viens.

Pour y accéder, il me fallait demander au père Bryan, responsable de la chapelle de Notre-Dame-de-la-Mer, son autorisation. En effet, elle est maintenant pendue sur de longues chaînes, et fixée au plafond de ce lieu saint.

— C'est un *ex-voto* ? demanda Gilbert.

— Oui en effet, je l'avais offerte, il y a dix ans, à la paroisse, en vœux pieux, pour la paix de l'âme de notre pauvre père. C'était en quelque sorte le moyen de lui donner la sépulture qu'il n'avait pu avoir. Ce petit sanctuaire est entouré d'un cimetière marin pittoresque, agrippé sur les hauteurs de la petite Sercq.

— Petite Sercq ? Qu'est-ce donc ?

— C'est un petit îlot au nord de l'île, accroché par un isthme étroit, que l'on nomme « la Coupée ».

Le père Bryan accepta ma requête de bonne grâce, quand je lui eus exposé l'objet de ma visite, qui je l'avoue, était agrémenté de deux ou trois mensonges.

Je ne pouvais décemment lui dire la vérité, qui l'aurait sûrement offusqué.

Deux paroissiens furent requis pour nous aider à descendre ce navire de ligne de deux mètres de long, dont le poids avoisine les soixante kilos. J'eus du mal à le reconnaître tant la poussière s'y était accumulée. Pourtant je l'avais vu construire bout à bout par mon père, qui m'avait même laissé peindre les deux cheminées et les quatre-vingt-dix canons de cet étonnant bâtiment.

Je l'avais aussi aidé à confectionner les bouts, qui atteignaient, sur ce projet, plusieurs kilomètres.

– Qu'est qu'un bout ? demanda Paulette, intriguée par cette appellation.

– Ce sont tous les cordages que l'on trouve sur un voilier. Dans la marine, le mot « corde » est banni ; le marin estime que les cordes servent à attacher les vaches, et les ficelles à ficeler les rôtis.

– Peut-on prendre un bout pour se pendre ? demanda Lucien en s'amusant de sa réflexion.

– Tout à fait, répondit Gaël, en te mettant au « bout », tu devrais parfaitement y arriver !

– Cette reproduction du Napoléon, mis à l'eau en 1850, était pour mon père la fierté de sa vie, reprit Gaël. Il passa trois longues années à le construire, sans vraiment l'achever, car on le vit, au terme de ce labeur, sombrer jour après jour dans la démence.

En l'examinant de nouveau avec attention, il m'apparut des détails, que j'avais oubliés, et d'autres que je n'avais point soupçonnés. La précision et la beauté de son travail me laissèrent pantois. J'explorai attentivement chaque centimètre carré de cette coque en cerisier qui avait gardé malgré le temps toute sa splendeur. J'eus beau chercher dans tous les sens, la moindre fente, la moindre aspérité, qui aurait pu receler une secrète porte. Mais malheureusement, à mon grand regret, je n'ai vu aucun compartiment susceptible de s'ouvrir. Tout était parfaitement collé, et bien compact.

– Tu en es bien sûr ? demanda Lucie, qui ne voulait pas croire à cette conclusion.

Gaël fit un signe de la tête, pour confirmer. Ils se regardèrent en silence, profondément affligés, impuissants devant ces explications sans appel. Firmin grimaça et se retourna pour ne point laisser apparaître sa déception, tandis que Gaël, les yeux tournés vers le sol, balançait de la tête pour mieux montrer son désarroi.

– Cette maquette était notre dernière chance ! Pouvons-nous tout de même la voir ? demanda Gilbert, qui ne voulait pas accepter cet épilogue.

– Évidemment, j'avais envisagé de vous y conduire de toute façon. D'ailleurs, nous pouvons nous y rendre de suite ; l'*ex-voto* est resté au sol, en prévision de votre venue.

En effet, le petit cocher occasionnel qui les avait menés de Port-Creux à la maison de Gaël était déjà sur son attelage, prêt à les véhiculer. Il leur fallut moins d'une heure pour atteindre l'endroit qui se trouvait à quelques encablures de la « coupée », un cordon ombilical de roches escarpées qui reliait l'îlot à l'île. La chapelle était située sur le bord d'une falaise de granit, près d'un ancien monastère dans lequel il restait quelques ruines verdies par un lierre luxuriant. D'un style sobre, résolument romane, elle affichait une façade ouverte de baies étroites qui, au fil du temps, avait été remaniée.

Chacun retint son souffle à l'entrée de cet édifice qui sentait la spiritualité à plein nez. À l'intérieur, de grandes voûtes en berceaux tenaient les murs austères, recouverts d'*ex-voto* peints, pour la plupart, directement sur la pierre.

Des tableaux, des chapelets de prière, des maquettes de tous bois, ornaient de leur dévotion le reste de l'enceinte, du bas, jusqu'au plafond. Au centre, fixées sur une poulie, pendaient les chaînes détendues du Napoléon.

Celui-ci gisait dans l'allée centrale sur son flanc tribord. Chacun l'entoura, l'air résigné, comme s'ils contemplaient la dépouille d'un mort. Thérèse préféra prier devant l'autel, tandis que Lucie tournait inlassablement autour de cette chose qui lui semblait impie.

— Il manque un élément sur ce vaisseau ? dit-elle soudain d'une voix aiguë, suscitée par sa grande surprise.

— À quoi penses-tu ? répliqua Gaël.

— Le pont… le pont principal me semblait plus encombré, je dirais même, plus fouillis ?

— C'est vrai, tu as raison, il parait dépouillé, alors qu'il débordait d'accessoires en tout genre.

À ces mots, Firmin se leva brusquement du banc où il s'était assis.

— Que manquerait-il à votre avis, dit-il tout enfiévré.

— Difficile à dire, observa Gaël, la dernière fois que je l'ai vue, j'étais adolescent.

Tous étaient à présent autour du bateau, à la recherche de l'élément manquant. Chacun allait de sa supposition, de la plus recevable, à la plus saugrenue.

— C'est peut-être un canot de sauvetage ? proposa Thérèse.

— Une cabine avant, ou une cabine arrière ? suggéra Paulette.

— Un hélicoptère ? lança Lucien dans un rire absurde qui n'amusa personne.

Il s'ensuivit mille suggestions ; une sorte d'inventaire marin à la Prévert, sans le moindre raton laveur.

— C'est bizarre, observa Gaël, les cheminées paraissent esseulées ? Il me semble qu'entre celles-ci émergeait une excroissance ? Une espèce de petit prolongement central entre le grand mât et le mât de misaine ?

– C'est vrai, mon frère, cette espace vide est illogique.

– Tiens, cela tombe bien… le père Bryan arrive, lança Gaël, en le voyant passer la grande porte du sanctuaire.

– Bonjour mes frères et sœurs, je vois que cette maquette vous passionne, avez-vous trouvé ce que vous cherchiez ?

– Non mon père, dit timidement Gaël. Il semblerait qu'une pièce de ce voilier soit absente ; peut-être une cabine, un logement, situé sur son pont.

– Tiens donc… ? En êtes-vous certain ?

– Je ne peux l'affirmer, mon père, mais il y a sur ce vaisseau un espace qui ne devrait pas exister.

– Ah… ! En effet, je m'en rappelle, c'est une sorte de boite, que nous avons enlevée pour y fixer la chaîne qui devait le maintenir au plafond. Puis, nous nous sommes aperçus que cela ne servait à rien ; nous avons donc préféré poser nos attaches de chaque côté de la coque. Après l'avoir arrimée, nous avons jugé que cet élément n'avait plus d'importance, c'est pourquoi nous ne l'avons pas réintégré.

Le groupe avait fait corps autour du prêtre, et buvait avidement ses paroles.

– Savez-vous où elle pourrait être ? demanda Lucie, en se mêlant à la conversation.

– Sans doute dans la sacristie, répondit le père Bryan, en la montrant, du bout des doigts. Cet objet à l'air de vous préoccuper ? Est-il si essentiel pour vous ?

– En effet mon père, lança Gaël, avant que Lucie ne puisse lui répondre, et par là même trahir par inadvertance ses premières déclarations. Il existe peut-être dans cette construction, une futilité sans aucune valeur, mais qui pour nous vaut tous les trésors du monde. C'est notre mère qui l'inséra jadis dans celle-ci après la mort de notre père. Ce n'est qu'un simple porte-bonheur, auquel il s'était attaché durant toute sa vie. En tant qu'homme de Dieu, je suis sûr que vous comprendrez plus aisément l'intérêt que nous portons à ce symbole. Gaël était conscient d'avoir encore une fois menti à ce confesseur ; car en vérité, sa mère s'en était débarrassée, croyant la pince maudite.

— Je comprends, mon fils. J'ai justement la clé de la sacristie dans ma poche ; allons voir ensemble si cette mascotte s'y trouve.

Cette réserve, presque aussi grande que la chapelle, abritait un bric-à-brac religieux indescriptible. Statues, vases sacrées, et ornements de toutes sortes, jonchaient le sol. Des aubes, chasubles, et autres habits s'entassaient sur une table devenue invisible. Quelques meubles épars abritaient des cierges de diverses tailles ainsi que des livres liturgiques. Au fond de la pièce, dans des niches bâties dans le mur, attendaient une foule *d'ex-voto*, prêts à être exposés à la dévotion des fidèles.

— C'est là qu'il nous faut chercher, conseilla le père Bryan qui officiait dans sa paroisse depuis des décennies.

— Firmin balaya du regard l'ensemble des cases de pierre qui s'offraient à lui, avec frénésie. Tandis que le groupe, de la même façon, enlevait les premiers objets de chaque cellule qui obstruait la vision des fonds.

— De quelle couleur doit être ce que nous cherchons ? demanda Gilbert.

— Je ne sais plus, répondit Gaël, mais je me souviens que c'était foncé.

— C'est un vrai capharnaüm ; à fureter, on pourrait y perdre un œil, s'amusa Lucien.

La majorité des étagères avait été examinée, lorsque le père Bryan lança une exclamation de joie.

– Ah… Il est là… oui c'est ça, fit-il en apercevant le contenant tout en haut de l'étagère lui faisant face. Il nous faut un escabeau pour l'atteindre, il est trop haut.

– Nul besoin, objecta Gilbert, je vais hisser Lucie jusqu'à lui. C'est la plus légère d'entre nous.

Lucie se prêta à cette courte échelle improvisée, et atteignit l'objet sans encombre. C'était un petit boîtage de forme quelconque dépourvu d'attrait, qui n'avait à priori aucune ouverture. Elle n'osa pas l'ouvrir elle-même, préférant confier cette tâche à la personne qui lui sembla plus à même de le faire.

– Tiens, Firmin, lui dit-elle avec un sourire de satisfaction.

Firmin prit la boite avec délicatesse, de ses mains moites et trémulantes, troublé par cet objet qui lui paraissait surprenant.

– Eh bien Firmin ! Ouvre-la, murmura Gilbert, conscient de l'aspect solennel que revêtait ce moment.

Le vieux pêcheur fit un signe de la tête, sans enthousiasme, puis précautionneusement, entreprit d'en parcourir toutes les facettes. Le haut de la forme lui sembla bien plus souple que le reste de l'enveloppe qui constituait ce curieux coffret. Il appuya énergiquement dessus, et entendit un déclic libérateur. Le boîtier s'ouvrit, dévoilant au grand jour ce que chacun espérait y trouver.

– Une pince de crabe ? s'étonna le père Bryan. Curieux talisman !

– Pourquoi pas, répondit Gilbert, l'important est ce qu'on lui attribue, et ce qu'on en retire !

Firmin sortit la pince avec délicatesse. Elle étincelait comme une étoile qui surgit dans la nuit ; ses rondeurs finement polies, renvoyaient ses éclats verts qui décuplaient son lustre.

– On dirait qu'elle est en pierre, remarqua le moine.

– En effet, c'est du quartz, assura Firmin.

– C'est une simple amulette, répéta Gaël, pour couper court définitivement à la curiosité du prêtre.

– Un gri-gri profane dans mon église ? Surprenant ?

– Vous le savez bien mon père, les voies de Dieu sont fort énigmatiques, conclut Gilbert, athée jusqu'au bout des ongles. Nous voilà au terme de notre quête, il nous faut penser à rentrer, ajouta-t-il, soucieux d'extirper Gaël des griffes de l'ecclésiastique.

– Eh bien alors, mes frères et sœurs, allez à présent ; que la paix du Seigneur soit avec vous.

Firmin enlaça précieusement son trésor, en remerciant poliment le curé, puis se dirigea promptement vers la sortie. Le groupe lui emboîta le pas, joyeux et dissipé comme des bambins folâtres.

Le temps était compté ; il ne restait plus que cinq à six jours pour restituer la pince au « Fabuleux ». Firmin s'imaginait déjà cette folle rencontre. Il le verrait de nouveau monter à la surface, grandir majestueusement dans les reflets de l'eau, puis tendre ses deux pinces devenues amicales, dans un signe d'amitié et de compréhension. Ils bavarderaient ensemble, d'égal à égal, comme de vieux amis ; puis, de même qu'un présent, il lui rendrait ce gant de quartz vert qui lui redonnerait tous les pouvoirs qui lui avaient été ôtés.

La grande porte de la chapelle grinça comme une ultime prière et s'ouvrit sur un ciel totalement écrasé. Ce n'était point l'orage, même si on percevait sa présence. C'était un drap sinistre qui recouvrait l'éther d'un linceul à glacer le sang. Ils regardèrent avec surprise cette nue morose qui donnait à l'atmosphère la morne affliction d'un service funèbre.

Firmin devint blême en regardant droit devant lui, comme s'il avait aperçu un fantôme.

– Ce n'est pas possible… mon Dieu, c'est lui… se dit-il, la pince… je dois absolument protéger la pince…

Devant lui se tenait un homme, immobile et angoissant. Firmin le reconnut immédiatement. C'était le perfide mage, cet inquiétant personnage qui l'avait entraîné dans cette folle aventure.

– C'est papa… lança Lucie dans un long sanglot.

– Oui, confirma Gaël, c'est notre père, Marcel Kerpenno.

La stupeur gagna le groupe qui se blottit comme un seul homme. Gilbert rejoignit Firmin pour faire front à l'individu, qui demeurait inerte comme un bloc de marbre. De longues minutes passèrent sans qu'aucun des protagonistes ne prenne d'initiatives, un temps paralysés par la situation qui pouvait à tout moment dégénérer.

– C'est à moi qu'il en veut, dit Firmin, la gorge nouée. Laissez-moi seul avec lui, ajouta t-il.

– Il n'en est pas question, je reste avec toi, protesta Gilbert. Qui sait de quoi ce monstre est capable ?

– C'est à nous d'y aller, objecta Lucie, d'une voix larmoyante et résignée. C'est notre père, quoi qu'il soit devenu, c'est notre père, continua-t-elle effondrée.

– Bien, alors, allons y ensemble, proposa Firmin. Vous autres, mes amis, restez en arrière pour protéger la relique de ce malfaisant.

Ils se dirigèrent au-devant de l'homme, qui demeurait toujours immobile. Il ne présentait cependant aucune hostilité, il paraissait même, à vrai dire, serein, apaisé, comme si cette rencontre avait été pour lui une rédemption qu'il souhaitait ardemment.

– Papa, s'écria Lucie en se jetant dans ses bras.

– Ma fille, lâcha Marcel, en l'enlaçant à son tour.

Gaël s'approcha de son père, et lui mit la main sur l'épaule d'un geste affectueux qui voulait à cet instant tout dire. Firmin et Gilbert comprirent qu'ils s'étaient lourdement trompés et que, peut-être, Marcel Kerpenno était dans cette histoire aussi une victime.

– Quelles sont vos intentions, demanda Firmin ?

– Vous n'avez rien à craindre de moi, je n'ai aucun désir de vous nuire.

– Vous m'avez pourtant abusé, vous vous êtes servi de moi, et avez épouvanté tous mes amis !

– Je le reconnais et je m'en excuse, je n'ai jamais voulu vous atteindre, je vous le jure. Si j'ai usé à votre encontre de stratagèmes répréhensifs, c'est à cause de la malédiction…

– La malédiction ? s'étonna Gilbert.

– Oui, c'est un terrible anathème dont je fais l'objet. Seule la pince du « Fabuleux » a le pouvoir de m'en défaire. Vous comprenez pourquoi je me suis mis en tête de l'accaparer !

– Assurément, répondit Firmin. Mais, en vous en emparant, vous condamnez celui-ci à errer dans les abysses pour toujours ?

– Non, vous vous trompez, répondit Marcel, d'une voix qui se voulait rassurante. Laissez-moi vous conter toute l'histoire…

C'était un matin pluvieux, un matin qui vous donne déjà la primeur des désagréments qui vont vous tomber dessus. J'étais à la pêche et je ne prenais rien. J'étais hors de moi. Lorsque soudain, en remontant mon filet, je vis une sorte de crustacé qui n'avait rien au demeurant de cette famille, hormis deux pinces qui me parurent bien singulières. L'une brillait d'un métal aurifère, et l'autre, d'un vert moiré, scintillait comme du saphir. Je me préparais à remonter cette curieuse bestiole, lorsque celle-ci se mit à me parler ? « Relâche-moi, Marcel… relâche-moi par pitié », me dit-elle avec insistance. À ces mots, je pris peur, et de tout mon être, je frappai l'intrus avec tout ce que j'avais à portée de main. La bête se détacha sous mes coups de butoir et disparut au fond de l'océan. Puis, dans mon filet, je m'aperçus que l'une de ses pinces était restée accrochée aux mailles ; je voulus l'enlever, mais elle y était fortement enserrée. Je décidai de l'enlever plus tard, et pris le chemin du retour. Sans état d'âme.

Enfin chez moi, je la récupérai et la rangeai dans un coin de mon atelier provisoirement, car je ne savais que faire de cet étrange membre.

Je croyais cet incident terminé, quand une voix dans mon for intérieur, se mit à me parler ! « *Rends-moi ma pince, Marcel, où tu subiras son maléfice* ». Je crus un moment avoir rêvé, être victime d'une sorte d'hallucination ; mais cette maudite voix revint et revint interminablement. Je devins fou, et mon corps se transforma rapidement en une sorte d'enveloppe, qui du jour au lendemain n'avait plus besoin de s'alimenter, plus besoin de dormir. Je ne ressentais plus aucune sensation, pas la moindre douleur, j'étais devenu vide. La voix me parla de nouveau quelques temps après et m'intima ce qui suit. « *Nous voilà condamnés tous les deux. Pour toi, l'étrangeté de durer entre deux mondes, et pour moi, le malheur de ne pouvoir y retourner. Tu dois me rapporter mon bien pour te sauver de ce mauvais pas. J'ai le pouvoir de te sortir momentanément de cette léthargie qui te submerge, mais cela ne durera qu'un temps. Un être droit et pur peut t'y aider, mais attention... si c'est lui qui me ramène le premier ma pince, tu resteras dans ces méandres à jamais enfermé* ».

Après m'avoir nommé la personne que je devais rencontrer, la voix se tut, et dans le même instant, je me retrouvai libre de disposer de mon corps et de ma pensée. Voilà pourquoi, dans cette folle poursuite, j'ai toujours cherché à vous devancer. Je n'avais qu'un but : rendre au « Fabuleux » ce que je lui avais par maladresse ôté.

— Mais pourquoi n'as-tu pas rendu la pince immédiatement, s'étonna Lucie, tu savais pourtant exactement où tu l'avais placée ?

– Je le savais, il est vrai, mais quand « le Fabuleux » me sortit des limbes où j'étais plongé, il s'était passé de très nombreuses années. Ta pauvre mère était morte, et je suppose que c'est elle qui l'avait rangée dans un autre lieu. C'est alors que je me souvins lui avoir dit un jour que j'avais l'intention de m'en servir pour en faire une figure de proue, et que provisoirement, pour ne pas la perdre, je l'avais placée dans la coque de l'une de mes créations en cours. Je compris, dès lors, que la pince devait être restée cachée dans l'une de mes maquettes, sans me souvenir dans laquelle je l'avais rangée. La suite, vous la connaissez. « Le Fabuleux » me dirigea au-devant de Firmin sans que j'en sois vraiment conscient ; je le rencontrai à l'endroit même où par sa magie, « le Fabuleux » avait choisi de me mener. Il m'avait pour cela accordé quelques pouvoirs, dont celui de n'être vu que par la personne que j'avais préalablement choisie. J'étais là, invisible, lorsque Gilbert affirma à Firmin l'avoir vu et entendu parler seul ; je vis celui-ci dépité, doutant de sa raison, en se croyant devenu fou. Ma stratégie était simple, en donnant à Firmin des informations substantielles, il ne me restait plus qu'à le suivre discrètement, persuadé que fatalement, il me mènerait tôt ou tard à la pince.

Voilà pourquoi malgré toutes mes mauvaises actions, je vous demande, humblement, de pouvoir moi-même la remettre au Fabuleux. Il pourra ainsi rentrer chez lui tout en me délivrant de cette implacable malédiction.

Lucie et Gaël regardèrent Firmin avec des yeux suppliants. Gilbert et les autres parurent en accord avec cette éventualité, si bien que Firmin se plia au souhait de tous.

– Je ne vois aucun obstacle, dit-il, visiblement ému. Nous irons tous les deux la lui apporter. Je suis heureux de vous savoir bienséant, malgré tout ce que nous avons cru de vous. Je suis sûr que « le Fabuleux » vous accordera sa mansuétude.

– Je n'ai jamais douté de ton intégrité, mon père, reprit Lucie. J'ai toujours gardé espoir, refusant l'évidence, refusant les vils propos qui couraient sur toi et te décrivaient comme un gredin.

– L'adversité est magnanime, assura Gilbert, elle vous a éloigné, martyrisé, fait douter de vous-même. Mais c'est elle aujourd'hui, qui par un étrange destin, vous réunit de nouveau dans cet amour providentiel.

– Eh bien mes amis, conclut Firmin, allons rendre à César ce qui appartient à César. Voyez, le temps s'est levé, je vois là le plus beau des présages. Profitons ensemble de cette sérénité qui s'offre à nous. La quiétude, mes amis, c'est le sang de la paix.

- IX -

Je viens avec vous, lança Gaël à ses amis qui s'apprêtaient à embarquer sur le Filochard ; laissez-moi le temps de fermer ma maison.

– Prends tout ton temps, fiston, répondit Richard ; la marée n'est pas encore à son plein. Je ne veux pas prendre de risques, il y a bien trop de cailloux effilés. D'autant plus que ce voyage s'annonce de mauvaise augure ; ajouta-t-il. Je n'ai plus de saucisson…

Gaël se mit à rire :

– Quand y en a plus, y en a encore, mon ami, je vais de ce pas faire le plein en passant au village.

– Ah merci, sage précaution ; n'oublie pas ce dicton, « *quand sur terre, rien, ni femme ne le retient, c'est la cambuse à bord qui contente le marin* ».

– Très bel adage, fit remarquer Paulette ; de plus, il vous va comme un gant. En connaissez-vous l'auteur ?

– En effet je le connais bien, il est devant vous…

– Bravo, je ne vous savais pas philosophe ?

– La Métaphysique du marin est très simple, chère Paulette. « *Fais bonne chère en tout point, de tous mets et bons vins ; et pour en remercier tous les flots de la mer, rend-lui en vomissant le trop plein de ta chair* ».

– Oh… Richard ! C'est rebutant… c'est un dicton de pochard… c'est encore de votre composition, je suppose ?

– Tout à fait, dit-il hilare. Claude Tillier ne disait-il pas : « *Manger est un besoin de l'estomac ; boire est un besoin de l'âme* ».

– Eh bien, je vois que son roman « *Mon oncle Benjamin* » vous a fortement inspiré.

– Certainement, sa pensée est toujours d'actualité. C'est un remède pour tout combattre, de la tristesse à la connerie ; c'est un souffle de liberté, un hymne à la vie, nous dit-il dans ce livre.

La marée était enfin haute, prête à verser dans le jusant. Gaël avait rejoint ses amis à bord avec son précieux ravitaillement. Un généreux soleil inondait le Filochard qui filait les quinze nœuds sur une petite houle d'Ouest. La visibilité laissait voir à vingt milles marins. On devinait aisément la côte du Cotentin.

Lucie, son frère, et Marcel, dialoguaient dans leur coin, plongés dans le bonheur de leurs retrouvailles et de leurs souvenirs communs.

Firmin et Gilbert semblaient apparemment calmes, même si on sentait dans leurs yeux l'appréhension que leur inspirait la suite des événements. Les autres confortablement installés sur le pont, goûtaient la tiède douceur d'un vent parfumé.

Richard, néanmoins, paraissait soucieux. On le voyait à la barre se débattre dans des mouvements discordants, lâchant des propos singuliers qui ne disaient rien de bon. Firmin et Gilbert avaient observé la scène sans réagir, mais devant l'aggravation de son comportement, ils décidèrent de lui venir en aide.

– Un souci, demanda prudemment Gilbert, qui se gardait d'être opportun.

– Oui, répondit Richard, d'une mauvaise voix, en s'acharnant de plus belle sur sa manœuvre.

– Que se passe-t-il au juste ? continua Firmin.

– Il se passe que, malgré tous mes efforts, ma barre ne tient pas son cap, et revient immanquablement sur une autre route.

– La barre est bloquée ?

– Non, elle est fluide… voyez vous-même, ajouta-t-il en reprenant son point. Je me mets au 105… et voyez… le cap se remet invariablement au 180, plein sud !

– Étonnant, lâcha Gilbert, perplexe.

– Il y a peut-être un fort courant ? avança Lucien, venu à la rescousse.

Les trois hommes, fins marins, se mirent à rire devant l'énormité de ses propos.

– Impossible, répondit Richard, dans un fou rire incontrôlable, le courant en dérive peut jouer sur notre route de plusieurs degrés, mais pas d'un quart de compas. Il doit y avoir une autre explication !

Marcel s'approcha des quatre hommes d'un pas lent, le visage sombre.

– Ne cherchez point la cause, mes amis, dit-il mollement ; c'est l'œuvre du « Fabuleux », c'est lui qui nous dévie. Quoi que nous fassions, nous voilà sur sa route, l'heure est venue de le rencontrer et d'affronter sa sentence, ou sa clémence. Je vous le dis…

Richard, à ces mots, lâcha la barre, qui tourna d'elle-même en reprenant la direction qu'elle avait initialement suivie. Bientôt, le moteur cala à son tour, sans que le bateau ne perde la moindre vitesse. Il n'y avait aucun doute, celui-ci était attiré par une force invisible, une puissante énergie qui les voulait soumettre.

Le flot devint soudain inerte, aussi fluide que de l'huile, et le vent tomba totalement. Un silence accompagna cette atmosphère inquiétante, qui restait cependant lumineuse. Cela dura des minutes, des heures peut-être. Nul ne put le dire tant ce laps de temps fut paradoxal. Chacun scrutait l'horizon, qui n'avait plus sa ligne, les vagues, qui n'avaient plus de flux, le ciel, qui n'avait plus de nue, comme un drap blanc immaculé, vide, sans fond, mais qui pourtant semblait patent. Au loin, un léger grondement se fit entendre, sans que l'on puisse en connaître la raison. L'eau, toujours alanguie, prit devant eux une couleur verte, aux multiples nuances, qui se combinaient les unes aux autres en formant des arabesques à n'en plus finir. le Filochard, qui s'en était imprégné, ressemblait à un caméléon.

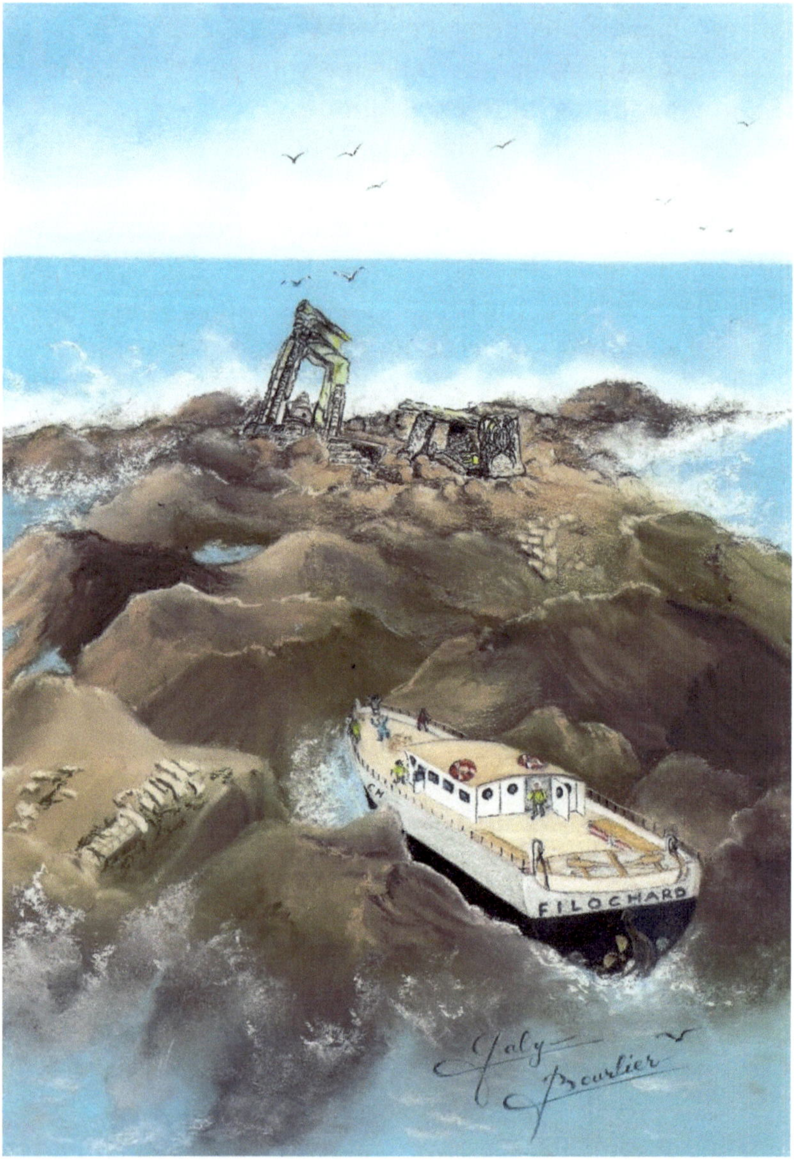
FILOCHARD
Joly
Bourlier

– Dieu sait ce que cela nous réserve, dit Gilbert, en rompant le silence pesant.

– Oh… s'exclama Lucie. Regardez, il me semble percevoir un bouillonnement au loin…

– Oui, cela remue, poursuivit Gaël.

– En effet, ça s'agite rudement, ajouta Thérèse, en se récitant instinctivement un « Je vous salue Marie ».

L'étrange manifestation avançait comme un mascaret de lave qui toucha bientôt le bateau. L'eau en ébullition fouettait la coque sans l'entamer. Le courant, qui aurait dû repousser l'embarcation, l'attirait au contraire au centre de la turbulence. C'était féérique, et effrayant à la fois

. – Donnons-nous la main, proposa Paulette, que l'effroi tétanisait.

– Oui bien sûr, répondit Thérèse, qui trouva dans cette supplique une amorce de réconfort.

Ce phénomène dura une bonne demi-heure, puis l'effervescence du flot diminua d'intensité pour s'apaiser complètement. La mer retrouva son calme, à la grande surprise de tous.

– C'est fini, chuchota Gilbert !

– Ah merci mon Dieu, lâcha Thérèse.

– Non… non, répondit Marcel, qui avait déjà vécu cet événement. Ce n'est pas terminé. Il est là, je le sens, il vient à nous…

Effectivement, un tremblement vint secouer de nouveau le Filochard, qui se trouva élevé comme si on l'arrachait de l'eau. L'effet d'ascenseur le fit ruisseler de toutes parts. Cela n'avait cependant rien d'aérien, car la poussée qui les avait soulevés venait du tréfonds.

– Mon Dieu… lança Gaël, la mer s'est retirée, nous voilà échoués sur une île qui a émergé de nulle part.

– Ce sont les portes de HI-BRAZIL, répondit Marcel, en fixant devant lui une forme qui se déployait à outrance.

– Firmin la vit à son tour dans toute sa magnificence. Il n'en fut pas surpris, et eut sur l'instant un sourire de satisfaction. Marcel, pétrifié, s'était recroquevillé sur lui-même. On devinait, dans ses yeux, tout l'effroi que lui inspirait le monstre. Celui-ci continuait de grandir en développant toutes les parties de son corps. Sa couleur, qui au début se mêlait aux nuances des fonds marins, devint ocre, corail et rouge feu. Sa pince en métal précieux, resplendissait au soleil, et renvoyait ses lumineux rayons à tout-venant.

Firmin fut surpris par la grosseur de celle-ci, qui avait la taille d'un homme, alors que la pince de quartz qu'il tenait précieusement pouvait tenir dans sa main. Les traits du « Fabuleux » avaient revêtu une forme plus humaine, et sa peau, autrefois visqueuse, s'était épaissie d'un cuir doux et lustré.

Firmin fit deux pas en avant à la rencontre du décapode, qu'il savait être son ami.

– Bonjour Firmin, lui dit celui-ci. Voilà bien longtemps… Ne t'avais-je pas dit que l'on se reverrait ?

– Oui… monsieur… ? Prince ? Euh, votre Excellence ? Pardonnez-moi ; je ne sais pas comment vous appeler !

– Appelle-moi tout simplement, « le Fabuleux », puisque c'est toi qui m'as ainsi nommé.

– Oui, fit Firmin intimidé. Je me souviens de vos paroles. Elles étaient énigmatiques ; mais aujourd'hui, en vous revoyant, j'en comprends tout à fait le sens. Vous m'aviez dit sans que j'en comprenne la portée :

« Nous aurons à nous voir, si tel est le destin,
Si tu trouves la lumière qui mène à mon écrin. »

Vous saviez, à ce moment-là, tout ce qui allait advenir ?

– En effet. Je t'attendais avec impatience, car seul un être pur pouvait me rapporter mon joyau. Marcel ne le pouvait point, sans être foudroyé. En venant avec lui, tu le sauves de mon courroux, et tu me permets, enfin, de rentrer chez moi.

– C'est donc vous qui l'avez mis sur ma route ? Vous aviez décidé de lui pardonner ?

– Pas vraiment, je l'aurais fait volontiers, car l'homme dans sa colère ne savait visiblement plus ce qu'il faisait. Il me sembla pourtant de noble cœur et plein de bonté pour autrui. Aussi, je le mis en garde en vain contre les menaces qui pèseraient sur lui, si par malheur, il s'obstinait à conserver mon bien. Cependant il ne voulut rien entendre. J'aurais pu être magnanime, lui faire grâce, malgré son obstination. Mais en commettant l'irréparable, il me condamnait aussi à la même errance. Dès lors, je lui infligeai la malédiction qui à présent nous lie ensemble.

– Allez-vous le libérer de ce mauvais sort ? demanda Firmin, soulagé de cette heureuse issue.

– Oui mon ami. Grâce à toi, je peux rejoindre HI-BRAZIL.

– Pardonnez mon audace, mais, qu'est-ce que HI-BRAZIL ? Est-ce une légende ?

– Une légende… le penses-tu vraiment ?

– À vrai dire, je n'en sais rien. Ce que je connais de ce lieu, m'a été transmis par un ami lettré, qui a longtemps étudié ces mythes. La carte d'un navigateur du 14ᵉ siècle situait cette île fantôme en face de l'Irlande. Plusieurs autres voyageurs érudits du 15ᵉ et 16ᵉ siècle la mentionnent dans la même région. On dit que l'île, de forme circulaire, était traversée par un large fleuve, et que cette description était en tout point similaire à celle qu'en fit en son temps l'illustre Platon. J'en déduis qu'elle a sûrement existé, tout au moins, à défaut d'être tangible, qu'elle fut, pour un grand nombre d'esprits, perceptible idéologiquement.

– Il est en effet des valeurs, des croyances, des dogmes qui nous échappent, et nous paraissent obscurs. Pourtant, sans le savoir, toutes ces énigmes ancestrales nous habitent. Elles sont en nous quoi que l'on fasse, de par notre culture et nos convictions. L'esprit humain ne meurt jamais, c'est cette intellection qui vit et demeure à HI-BRAZIL.

– Vous voulez dire que votre monde est peuplé d'êtres romancés et spirituels ?

– En quelque sorte ; il est composé d'innombrables chimères issues de la pensée et de l'imagination des hommes. Le vivant qui nous entoure n'est que l'enveloppe superficielle d'un macrocosme métaphysique. Ainsi, on y trouve tous les panthéons qui ont régi les civilisations passées. Les héros avérés ou utopiques, tous les personnages imaginaires qui, dans maints romans, poèmes, nouvelles et autres écrits, ont enrichi l'omniscience du rêve. Vous y trouverez Julie d'Aiglemont, Aquilina, de Balzac, Cosette et les Thénardier, de Victor Hugo, Moby Dick et le capitaine Achab de Herman Melville, Santiago et Robert Jordan d'Ernest Hemingway, et bien d'autres qu'il me serait impossible de citer intégralement. On y découvre aussi Tintin et Milou, d'Hergé, Blanche Neige, de Wilhelm Grimm, la mère l'Oye, le Petit Chaperon rouge, de Charles Perrault, et une multitude de héros, braves, demi-dieux et surhommes, imaginés par une myriade d'illustres inconnus.

HI-BRAZIL, c'est tout cela, tout ce que l'esprit humain a inventé et engendré à travers les âges.

– Mais alors… vous-même émanez d'une fiction ? Vous n'existez pas ? demanda Firmin.

– La fiction n'est que le miroir d'une réalité suggestive ; on la voit, on l'entend, et cependant, c'est une vraisemblance construite sur l'improbable. On ne voit bien qu'avec le cœur ; ainsi, c'est par celui-ci que tu m'entrevois. Je ne suis que l'image que tu nourris en toi-même.

– Inconsciemment ?

– Effectivement, comme un grand nombre de visionnaires, qui dans un état méditatif, acquièrent le paroxysme de l'idéal ; le rêve, c'est la plénitude de l'esprit.

Il est temps à présent de nous quitter. Je dois rejoindre HI-BRAZIL avant que les portes ne se referment. J'absous Marcel de ses méfaits, parce qu'en lui pardonnant, je me libère moi-même du sort qui nous avait enchaînés.

Firmin s'approcha du bras atrophié du Fabuleux et lui enfila religieusement le gant de quartz vert qui lui avait été dérobée. Il s'emboîta à merveille sur sa pince et se ressouda comme si il n'avait jamais été ôté. Puis à l'étonnement général, la pince ainsi reconstituée enfla et atteignit la taille de son autre membre.

– À présent, mes amis, vous allez vous endormir, car c'est le seul moyen de quitter ce monde où vous êtes entrés. Vous n'en garderez pas de souvenir ; seule une intuition, le pressentiment d'avoir vécu une allégorie, vous y fera parfois penser.

Adieux Firmin... nous nous reverrons peut-être dans tes songes au sein de tes félicités.

– J'en serais heureux, mon ami, dit Firmin, inondé de larmes ; si c'est là le bonheur, je le souhaite de tout mon cœur.

- Épilogue -

Il était neuf heures passées quand Firmin se décida à descendre de son lit. Il avait peu dormi, ayant travaillé fort tard. Mais, c'était bien assez pour cet homme infatigable qui n'avait besoin que de quelques heures de sommeil pour se régénérer. Cependant, comme un gosse, il aimait volontiers s'attarder dans sa couche, pour jouir de ce moment incomparable que procure l'oisiveté matinale. Le soleil avait illuminé ses fenêtres depuis belle lurette, et les oiseaux de toutes sortes piaillaient depuis l'aurore. Au loin, la mer résonnait dans l'espace, renvoyant sur la côte les bruissements de son chant feutré. Il pouvait rester ainsi, dans ses draps, plus d'une heure, avant de daigner se lever. Puis, comme un félin qui s'étire de tous ses membres, il mettait un pied par terre, d'un mouvement alerte et décidé.

Il enfila son peignoir et jeta un œil par la lucarne qui ouvrait sur l'extérieur. Le jardin en contrebas exultait, dans la résurgence de l'été « La fleur du Ponant » n'avait jamais autant mérité son nom. Il s'attarda dans la vision des rhododendrons, qui achevaient leur fleuraison, du camélia qui, avec le temps était devenu un arbre, et des splendides hortensias, que l'ardoise pilée à leur pied avait colorés d'un bleu affriandant.

Paulette était en train de préparer le petit-déjeuner, quand elle le vit descendre en sifflotant.

– Tu me sembles radieux, ce matin ? dit-elle, étonnée par son entrain.

– En effet, ma chère, après mûre réflexion, je crois avoir trouvé le sujet de mon prochain livre.

– Tiens donc ; de quoi va-t-il parler ?

– C'est une histoire de crabe…

– Une histoire de crabe ? Tu fais dans la zoologie marine, maintenant ?

– Non pas vraiment, ce serait plutôt dans le merveilleux…

– Amusant… et bien, je te souhaite autant de succès que t'en as procuré ton dernier ouvrage.

– Oh Merci, ma chère ; espérons-le, ce serait en l'occurrence, « FABULEUX ».

Fin

Sources et explications

Gilbert GUILLO
« Morbihan, ton patois fout l'camp au triple gallo ! »
ISBN 978-2-7466-3493-0
guillo.gilbert@wanadoo.fr

Source du Web (WIKIPEDIA)

L'île de Brazil ou Hy-Brasil est une île fantôme
représentée sur de nombreuses cartes marines depuis le
XIV siècle jusqu'au XVII Siècle. Dans la mythologie
irlandaise, cette île est évoquée et localisée au large de
l'Irlande ou dans les parages de l'archipel des Açores. Ce
lieu aurait été habité par des moines irlandais..

Remerciements

Un grand merci à mes amis :

À ma famille et mes fidèles lecteurs, qui en avant de mes histoires, m'avisent objectivement de la teneur de mon récit ;

À Gaby Bourlier, mon ami et merveilleux illustrateur ;
www.gaby-bourlier.com

À Marie-Jeanne, ma correctrice « Les mots en couleur » qui, par ses pertinentes suggestions, met souvent mes écrits en valeur. www.lesmotsencouleur@live.fr

À Pierre-Arnaud Lebonnois de Nehel, pour sa préface, son arrière de couverture, et l'intérêt qu'il a toujours porté à mes écrits.
Il vient malheureusement de disparaître avant même que je publie ce livre. Qu'il en soit remercié éternellement.

Sites et Blogs

Jean-François Zapata

www.poemesdemerjeanfrancoiszapata.fr
www.academie-arts-sciences-mer.com
www.ecrivainsbretons.org
www.societedespoetesfrancais.eu